中間的孩子們

真ん中の子どもたち

温又柔 Wen Yuju ／著

郭凡嘉／譯

聯合譯叢 083

目次

台灣版序

一封來自台灣與日本之間的信

溫又柔

即使是今天，我的中文程度仍然相當低落。如果幸運碰上有耐性的人願意忍受我，那麼至少對答還說得通。但要是必須聊比較深入的話題，那我只能舉手投降了。而且說到我會講的中文，我所知的語彙和使用方法都非常有限，有時或許會讓人覺得太過單純或幼稚，很明顯地並不符合我的年紀。

相反的，使用日語對我來說，卻絲毫沒有任何障礙，儘管有時碰到稍微難懂的文物，必須要花一些時間去解讀，但是我卻有自信不會動搖或驚慌。有些時候，旁人甚至會佩服地這麼說：「妳的日語比大多數日本人都還要流暢呢。」

在日本長大的過程中，我上的是日本當地的學校，周遭的環境裡除了自己之外，全都是日本人。一回過神來，才發現我竟然成長為一個「理所當然地使用著日語」的人了。沒錯，就像是成了一般普通的日本人一樣。

如果我是日本人的話，大概就沒有人會誇獎我：「妳的日文真好」了吧。畢竟日本人說日文是很理所當然的事嘛。但因為我是台灣人，反而經常有人這麼問我：「妳的中文怎麼說得這麼差？」

明明是台灣人，日文能力卻比中文能力好得多。

明明不是日本人，卻只會日文。

這樣的我，究竟是什麼樣的存在呢？

自從某個時期開始，我便經常思考自己與日文、中文（以及台語）之間的關係。

接著，我又以這個問題為核心，開始寫起了小說。

誠如我的上一本小說《來福之家》所收錄的兩篇作品，本書也是這種嘗試的一環。

天原琴子、吳嘉玲、龍舜哉。

根源自台灣、戰前中國大陸，並在日本成長，他們為了學習父親、母親，抑或祖父母的「母語」，前往了上海。

日本與台灣、中華民國與中華人民共和國。日語和中文、普通話和華語、北京話和台灣話……擺盪在「國」與「國」之間，他們各自摸索著自己的生存方式，而這些人正如同我的分身一樣。

我希望對「和他們一樣」，以及所有「像我一樣」的人傳達一個訊息：

出生的國家、長大的國家，

父親的國家、母親的國家，

祖父母曾經待過的國家、從父母親那一代開始生活的國家，

你不需要站在這麼多個國家之間，煩惱著自己的母國究竟是哪一個。

因為這些國家，都是你我的母國。

我們站在這些母國與母國的中間點，從這裡為起點，我們可以前往任何地方。

繼《來福之家》與《我住在日語》之後，本書也能透過聯合文學出版，讓我感到無限的喜悅。

——「母語」總是會被人解讀為「傳承自母親的語言」，但是這個「母語」到底是不是只能有一個呢？我覺得小孩子的「母語」是可以由很多種語言所構成的。

在小說的結尾，當我寫下這些「成為了天原琴子意識覺醒的契機」的話時，這部小說尚未寫到最後的時間點，但我就確信了，如果這部作品要翻譯成中文的話，那麼翻譯者就必須要找郭凡嘉。

一開始我們是以原作者和翻譯的身分相識，現在則成為了我敬愛的友人。她理解並接受我的想法，爽快地接下了翻譯的工作，讓我衷心感謝。

或許有一天，某個人會把這本書和前兩本放在一起，稱作我的「初期三部曲」吧，而這初期三部曲中最後的一部作品《中間的孩子們》，現在即將送到台灣人——但是到底誰才是台灣人？——的手中，或許不光只是台灣人，而是所有在台灣、在中文環境中長大的所有人們，再更進一步地說，甚至是所有能夠讀懂繁體中文的讀者手中，一想到這件事，一股新鮮的力量就不禁從我心底湧現而升。

這股力量正是督促著我繼續寫下去的動力。

我要用這種包含著中文與台語、我獨特的日文，繼續寫下去。我會站在日本與台灣的中間，為了打從心底需要我的語言的「你」，繼續寫下去。

二〇一八年四月吉日於新綠耀眼的東京

譯者的話

在日本與台灣之間開拓一條新的道路

郭凡嘉

在美國，我們認識《喜福會》的譚恩美、《女勇士》的湯婷婷（Maxine Hong Kingston）、任璧蓮（Gish Jen）、包柏漪（Bette Bao），她們都以「華裔英文作家」的身分，堂堂地站在美國文壇上。她們在文學作品裡談論上一輩到美國尋夢的痛苦掙扎經歷，面對中西不同價值文化觀所陷入的困境，到最後融入美國社會的過程。回到亞洲，我們認識陳舜臣、邱永漢，甚至是最近的東山彰良。在他們的創作當中，我們或許可以一窺大時代的變遷，然而那些在國與國之間生活的真實人物所遭遇到的處境、歡喜或苦惱呢？

繼二〇〇九年的〈好去好來歌〉中篇小說，二〇一一年的《來福之家》小說集和二〇一五年的《我住在日語》散文集之後，温又柔整理了自己的創作歷程，回溯了身為作家最根源的動力，寫下了這本《中間的孩子們》。她出生於台灣，三歲後便舉家遷往東京。儘管父母親都是台灣人，說話時還會夾雜著台語，但是長久在正規的日本教育體系中長大，已讓她和其他日本人如出一轍。大學時代她甚至為了學習中文而留學上海，卻又因為在上海學習到的中文與自己父母的語言不同，而感到茫然。在《中間的孩子們》當中，我們能看到這樣的經歷與她當時內心的不安與動搖。不同於許多以第二語言書寫的作家，日語對温又柔而言並非「外語」，反而是第一語言。她並無法選擇，若想創作或對外發聲時，她都只能使用日語。然而她的親身經歷，卻讓她無法保持沉默，因為她相信如果不把自己所握有的這個「素材」寫出來的話，或許就不會有其他人寫了。這「素材」就是「一個生為台灣人，卻必須要生活在日語當中，當日常生活和身分都深深地與語言牽連在一起時，自我認同究竟會是什麼樣的面貌、又會產生什麼樣的變化」。這種創造出一個無限貼近自身的主角、並敘述出這個非作者本人故事的手法，讓她得以站在一個客觀的角度，繼續追尋這個對她如此重要的主題。

站在日本的教育前線，會切身地發現有著不同國籍、文化背景的孩子們逐漸在增加。在《中間的孩子們》當中，我們也看到了不同的可能。天原琴子、吳嘉玲、龍舜哉各自代表著不同背景的孩子，而他們的存在也都是非常真實的。還記得某次見面時我和温又柔談到《來福之家》中兩位截然不同的主角，她說她想要藉此傳達的訊息是——儘管有著類似的境遇，不同的孩子卻會展現出不同的力量。這一次，藉著更多元的角色，温又柔寫出了更多的面向。先從名字看起，天原琴子擁有的是明顯會被視為「日本人」的名字，吳嘉玲擁有明顯就是「非日本人」的名字，而龍舜哉則代表著一種既可以被視為「日本人」同時又「非日本人」的存在。我深信現在的台灣也有著同樣的狀況，背負著不同背景、成長經歷的孩子們，被稱為「新住民之子」的孩子們，一定也不斷地在增加，在這些孩子的成長歷程當中，他們會碰到什麼樣的困境與苦惱？當我們面對這些孩子們的苦惱時，又該如何幫助他們？說「幫助」或許太自以為是了，但是在他們成長、建立自我認同的過程中，我們該給他們什麼樣的空間呢？

天原琴子因為有著台灣人的媽媽，總是被中國的同學說：「妳的中文怎麼這麼不好？」甚至被上海的路人說：「妳媽媽是台灣人，那妳就不該說自己是日本人吧！」有著台灣人爸爸的吳嘉玲，則是面對了中國同學「這個世界上沒有台灣這個國家」的指控。龍舜哉的爺爺奶奶拿的是「中華民國」護照，雖雙雙早已歸化為日本籍，但濃濃中國味的姓氏，讓人一瞬間就能把他排除在「日本人」之外。日本是單一民族單一語言的國家，不像美國會出現亞裔美國人（Asian American）這樣的說法，在日本的新聞媒體上出現的說法總是「在日台灣人」或「在日中國人」，似乎是在訴說著他們的身分永遠只是「滯留於日本的外國人」。我相信這會加深這些「站在日本與台灣中間」

的人們內心的掙扎與不安。除此之外，書中角色和語言之間的關係，也是作者想要傳達的另一個重點：「日語」究竟是誰的所有物？那麼「中文」呢？為什麼台灣人的中文，會被認為是「不正統」的、是一種「壞習慣？」而所謂的「母語」究竟又是什麼呢？是出生時初接觸的語言、是母親的語言，抑或是自己使用起來最直覺、最自由的語言呢？

《中間的孩子們》不但是作者本身思索自我定位的心路歷程，同時也給了我們一些很好的啟發。有些人會說他們是在國與國的「夾縫」之間生活的人，但是我寧願相信，那並不是狹窄的「夾縫」，毋寧是更廣闊或更能來去自如的空間。透過作者的省思，她已經在兩國之間開創了一條新的道路，相信這是一種新的自我接納、自我定位與新的國族認同，也期許更多同樣在國與國之間生活的人們，能夠獲得一種新的力量。

真ん中の子どもたち

中間的孩子們

對他人的崇高敬意始於自尊心——鄭明河（Trinh T. Minh-ha）

出發前夜

四歲時的我，認為世界上分成兩種語言。一種是在家裡說的語言，另一種是在家以外的地方使用的語言。可是，我的母親卻不怎麼擅長那個在家以外的地方使用的語言。

——所以當媽媽有困難的時候，妳要幫媽媽喔！

幼稚園好朋友小優的媽媽稱讚說：「琴子的媽媽日文說得好好喔！」的時候，我的回答：「阿姨妳的日文比較好啦！」總是會讓大人笑出來。小優的媽媽一邊摸著我的頭一邊說：「哎呀，真是謝謝妳的稱讚啊！」我根本沒想到，「那是因為小優的媽媽是日本人啊」這個原因。那時候的我，以為每個人的爸爸都是日本人，媽媽都是台灣人。我根本不知道，父母當中有一個人不是日本人的例子，在這個國家裡還算是滿少見的。

十五年後的今天，母親、我與父親持有同樣的護照。我翻開印著相片的那一頁，細細地端詳。國籍欄寫著「JAPAN」。發行年月日是「22 MAY 1992」。我扳著手指數，母親歸化日本國籍已經八年了。對於十九歲的我來說，實在是段很長的歲月。但是母親自己卻很驚訝：

「才八年啊？敢若真久（感覺是更久以前的事了）。」

「媽媽妳的臉一點都沒變嘛。」

看著母親的護照看得忘神，這時候母親便催促著我：「爸爸快要回來啦。」於是我把母親與父親的護照放進平常存放銀行存摺和印鑑的保險櫃裡，只留下我自己的護照。

如果行李可以早點打包完，我就可以去幫忙包水餃了。但是打包到最後階段，當把我的護照從父母的保險櫃裡拿出來時，母親早已完美地把全家人份的餃子都給包好了。

*水餃就好了嗎？媽媽這麼問。就是水餃（ギョーザ，gyo-za）才好啊，我回答。父親用中文贊成我的意見：「我支持我女兒的提議。」我最喜歡吃母親包的水餃了，儘管並不是什麼特別的山珍海味。媽媽會把雞絞肉和切得細細的高麗菜拌在一起，再用餃子皮包起來，用滾水煮熟。

這天晚上，我和爸爸坐在盛得滿滿的媽媽特製水餃前，開心得不得了。爸爸一面把麻油加進醬油裡，一面懷念地說起自己二十一歲第一次離開日本的回憶。媽媽也跟著以中文回應說，我第一次離開台灣的時候已經二十五歲了呢。

「結果我們的女兒才三歲就第一次搭飛機了！」

我夾了一粒水餃塞進嘴裡，對著爸爸微笑：

「對啊，我早就習慣了，所以別擔心啦。」

明天，我要出發到上海去了。

——妳要學中文？那來台灣學就好啦。就像二十五年前的天原一樣啊。

我的舅舅這麼說。

台灣的親戚都稱呼爸爸：天原（ㄊㄧㄢ ㄩㄢˊ）。小時候的我，聽到他們叫爸爸天原，都以為這個字是在稱呼爸爸「大哥」的意思。

我以為這個字只是用來叫爸爸的，所以有一天當別人也這麼稱呼我時，總覺得有點不自在。我上的那所中文學校（漢語學院），同學們彼此之間都

＊全書以黑體字顯示的內文，乃原文中出現的中文語境。

會用中文姓氏稱呼對方。

——這麼一來，我才覺得別人叫的是我真正的名字啊。我比較喜歡這樣。我的同班同學吳嘉玲這麼說。

——班上會有一個跟妳一樣狀況的同學喔。不過她是爸爸那邊是台灣人。鄭先生——嗯，用中文說的話，就是鄭老師——在我入學考試合格後，到漢語學院辦理入學手續時，這麼告訴我。

——我的母親是台灣人，所以中文對我來說是很親切的語言。我從小就想要學習母親的語言。

擔任副院長的鄭老師是我入學考試時的面試官。

（爸爸是台灣人？）

在春假等待開學的期間，我一直在想著這件事，馬上就會認識一個和我狀況一樣的同學了。彷彿是要遇見自己素昧平生的雙胞胎姊妹般。

在入學典禮上，拿到了新生名冊，我只看了一眼就立刻認出來。就是這個女孩子。只有一個人的名字，讓我感受到母親國度的氛圍。

——妳看！

吳嘉玲只給我一個人看。深綠色的封面上印著「中華民國 REPUBLIC OF CHINA」的字樣。

——我跟其他人都不一樣。我很特別喔。

在我出生的年代裡，只有父親是日本國籍，小嬰兒才能獲得日本國籍。吳嘉玲的護照讓我感到好懷念，因為那和媽媽八年前拿的護照一模一樣。台灣人的護照是深綠色的。

（我一直很想要學母親的語言。）入睡前，我再次翻開自己的護照，翻到有照片的那一頁，看著上面的出生年月日。

「30 JUL 1980」

當我迎接二十歲的那一天，中文一定會變得比現在還要好。

在上海

「從今天開始，我要叫妳琴子，不再叫妳天原了。」

在上海迎接的第一個夜晚，當我們各自躺在自己的床上時，吳嘉玲這麼宣告。「妳看，這樣叫妳比較像朋友吧！」她的聲音中透露著興奮。於是我提議：「這樣的話，那我也不要叫妳吳嘉玲，改叫妳 Karei（かれい，嘉玲的日文發音）吧？」不過她卻說自己不太喜歡那個發音而拒絕了。

「因為感覺很怪啊，就好像把中文硬改成日文那樣。比起 Go・Karei（ご・かれい，吳嘉玲的日文發音），我還是覺得 Wú Jiālíng 聽起來比較好。」

「唉，我覺得 Karei 聽起來也滿可愛的啊。」

「說到這個，我爸媽都叫我玲玲喔。從我還是小嬰兒的時候他們就這麼叫我了。」

把嘉玲的「玲」重複兩次，玲玲聽起來就像是小鈴鐺發出的聲響一般，這麼可愛的暱稱，讓我立刻就覺得好喜歡。吳嘉玲也用得意的語氣說：「這個小名比 Karei 好多了吧！」

從那一刻起，吳嘉玲對我來說就成了玲玲。「其實啊，」於是我也向她表白：

「我的爸爸媽媽也不叫我琴子，而是叫我『Mimi』呢。」

「Mimi？哇！太適合妳了，因為妳一直笑咪咪的！」

沒錯，就像玲玲說的那樣。我這個Mimi的暱稱正是來自於笑咪咪的「咪咪」。

「那以後我也要叫天原妳『咪咪』啦！」

「玲玲與咪咪，聽起來就好像一對姊妹啊！」

「太好了，我一直很想要一個妹妹呢。」

「我也常常覺得要是有個姊姊就太好了。」

我們兩個都是獨生女。

「可是咪咪妳才是姊姊吧？」

「玲玲妳是年頭出生的對吧。」

我出生於盛夏的台北。在七個月後，玲玲出生於冬天的東京。

「真開心，這是第一次有朋友叫我玲玲呢。咪咪妳是第一個喔！」

但我卻不是。彗也會叫我咪咪。不過，僅限於我們兩個單獨相處的時候。

「那個人是妳男朋友嗎？」

嗯，算是吧。當我如此承認了之後，

「就是那個來機場的人吧？」

「哎呀被妳看到啦？」

彗為了要替我送機，一大早就從家裡出發了。儘管彗也在場，

——念書、重要，可是**不要太累！**袂使無呷物件，妳一定愛睏飽（不可以不吃東西，一定要睡飽）！

媽媽叮嚀我的話裡夾雜著中文和台語。我們一起坐上機場巴士，彗讚嘆說，咪咪妳媽媽會講中文，好酷啊。在巴士上，彗努力地記著中文的「你好」、「**謝謝**」、「**再見**」和「**加油**」。

——加油，咪咪。加油，咪咪。

彗一面說著，一面濕了眼眶。我明明預計只離開不到一個月啊。因為不好意思被其他一起出發的同學看見，所以一下巴士，我立刻就和彗道別了。

「我跟我媽媽就是在那附近下計程車的。因為這樣，我媽媽還說：『我女兒應該沒有這樣的男朋友』呢。」

玲玲聳了聳肩，我用中文問她：

「真的沒有嗎？」

於是玲玲一臉嚴肅地說，畢竟我都還沒喜歡過男孩子嘛。說什麼「男孩子」，跟國高中生一樣，真是有點好笑。但是玲玲卻用非常正經的表情說：

「如果是告白的話倒是有啦，不過只有三次。」

接著玲玲開始說出這三個男生的名字——那些沒有成為玲玲男朋友的可憐「男孩子」們。正當我努力忍住笑，玲玲卻說：

「我現在懂天原妳爸媽的心情了，看妳這個樣子，完全就是『咪咪』嘛！」

哎唷、什麼啦！我笑了出來，玲玲便開心地說，妳看妳看，笑咪咪。

隔天早上，我們各自前往不同的教室。以生日來說，雖然咪咪是「姊姊」，但是「妹妹」玲玲的中文程度卻比較好。

我的班上只有來自漢語學院在日本姊妹校的日本學生，但是玲玲上的高級班卻有世界各國來的留學生。

——只有我和另一個人是從日本來的。

玲玲這麼說時，帶著一抹意有所指的笑容。她沒說只有兩個「日本人」，卻刻意用這種表達方式，我想其中一個原因或許就是因為她自己拿的是台灣護照吧。不過原因不只如此。

隔天傍晚，當我回到房間時，房門大開，玲玲正在跟某個人——而且還是個男人——說話。她已經交到朋友，還把對方帶回房間了嗎？我有點吃驚地把頭探進房裡，

「啊、咪咪，妳回來啦！這個人是……」

「我姓Ryu・Ryu・Shunya（りゅう・しゅんや，龍舜哉的日文發音）。請多指教。」

他帶著親人般的微笑用日文自我介紹，把自己的姓Ryu（りゅう）發音發得微微上揚。所以我也自我介紹：我叫Amahara Kotoko（あまはらことこ，

天原琴子的日文發音）。

「他幫我們把水裝好了。」

今天早上離開房間時還空空的水桶，已經換上了一個裝滿的儲水桶。我都忘了他們通知大家每個房間會分配一個，要我們記得去拿。

當我向那位姓龍的人道謝後，他回答：

「小事一樁，能替美女辦事是我的榮幸。」

他用中文強調了ㄇㄟˇㄋㄩˇ二個字，戲謔笑著，我也跟著笑了：

「你的日文真好。」

於是對方用中文謙虛回答，哪裡哪裡，還需要努力。「拜託！」這時候玲玲傻眼地告訴我：

「咪咪，這個人當然會說日文啦，雖然他的名字是Lóng Shùnzāi，但他可是在日本長大的啊。」

「啊，這麼說來，Wú Jiālíng 也是嘛。」

看到傻住的我，他再次露出笑容：

「我姓龍，叫 Lóng Shùnzāi，雖然名字是這個樣子，不過我是從日本來的。」

這下子，我才恍然大悟，這位姓 Ryu 也好、Lóng 也罷的人，原來就是玲玲說的「只有我和另一個人是從日本來的」的另一個人。雖然有著中華風的名字，卻是來自日本，或許讓玲玲有種「這個人的境遇和自己很像」的預感吧。

「是他先來跟我說話的喔。他人還滿有趣的吧！」

「嗯，雖然有點裝模作樣，可是不討人厭。而且他剛剛要走的時候還用關西腔混著中文說：『ほな，再見』。」（ほな等同於標準語中的「では」，為再見的前置語）

「他今天自我介紹的時候，還用中文說『我的母語是ㄒㄧㄖˋㄩˇ』呢。」

「ㄒㄧㄖˋㄩˇ？」

「西邊的日語，莫名其妙對吧。」

聽她這麼一說，我才終於把那個發音跟「西日語」這幾個漢字聯結在一起。我的母語是西日語？這番話真是奇怪啊。玲玲告訴我，龍舜哉「現在是大學三年級，他跟我一樣只擅長說喔，但是在修第二外語的課之前，連一個中文字也不會寫。」

＊

哇！比中華街還像中國耶！寺岡歡呼著。笨蛋，這才是真正的中國啊。清水一副受不了的語氣說。藤井也興奮地說，這才是中國中的中國啊。我好懷念這股活力啊！孩童時代的香港旅行是學習中文契機的赤池這麼說。我們所有人都第一次感受到眼前江南式木造建築林立的豫園商城這股氣氛，不禁非常興奮。

——要是來上海，就一定要去一趟豫園。

全班通過、剛當上「班長」的松村這個提議真是太棒了。一下課幾個同學們就一起去觀光了。我也想找玲玲去，但是卻沒看到她的身影。

男同學們——松村和清水——想去參觀祭祀道教神明的老城隍廟，於是與他們分道揚鑣後，我們看到一個鋪著紅布，上面擺滿中國雜貨的小攤子。你們看！赤池拿起一個「囍」字形狀的剪紙，這是什麼啊？好可愛！大家七嘴八舌之際，從棚子裡露出了一位女性的臉孔，指著赤池手上的剪紙快嘴地說著：「這些都是婚禮的東西，對你們來說還太早啦！」於是大家便看向我，我只好替大家翻譯成日文：「這些都是婚禮時的裝飾，我們現在還不需要啦。」

一旦瞭解了意思，同學們便吱吱咯咯地笑了起來。那位豐滿的女性問我：「你們是日本人？」一回答「是」，她便像唱歌一般地在嘴裡念著：「Zabennin、Zabennin。」站在我身旁的赤池問：「Zabennin」是什麼意思？女人看了看我，於是我重新問她，Zabennin 是什麼意思。這時候女人的聲音大了起來：

「Zabennin？Zabennin 就是你們啊！」

就這樣，這個 Zabennin 就成了我們第一個學會的上海話單字。這位豐滿的女性接著又問了我們許多問題。是學生嗎？什麼時候來的？要待多久？學費多少錢？父母一個月賺多少錢？雖然她的中文說太快了，藤井和寺岡都聽不太懂，但是我卻能立刻反應。

「太棒了，妳都聽得懂！」

這位女性稱讚我，真不錯，我說的話妳都能聽懂。

我們享受完豫園觀光之行後，回到所住的大學宿舍，玲玲卻還沒有回來。我回到房間喘了一口氣後，電話就響了。

「喂？」

「玲玲？是媽媽，妳今天怎麼樣……」

於是我對著話筒，用中文回答道，對不起，我不是玲玲。接著對方便用日文這麼說：

「哎呀，真是不好意思，我以為妳是我女兒。」

一瞬間，我感到好佩服，日文怎麼說得這麼好啊！不過我又馬上回過神來，不對、不對，玲玲家是爸爸才是台灣人啊。

——我女兒應該沒有這樣的男朋友。

玲玲家中的「共通語言」是中文。據說是因為她爸爸的日文不太好。如果玲玲不小心脫口而出說了日文，

——再說一次！

媽媽就會命令她以中文把話重新說出來，要是抵抗的話，還會被打屁股。

——比起爸爸啊，媽媽更嚴格呢。

但是現在話筒裡對我說日文的這個聲音非常溫柔，實在很難想像會打女兒的屁股。

我突然想起，玲玲的母親可說是我們的前輩。

——樋口從在學的時候就是位很優秀的學生。

據鄭老師說，她是在第一線活躍的優秀中日口譯者，也是學院的驕傲。

「琴子，我女兒還拜託妳多關照啦。」

掛掉玲玲母親的電話，我突然也很想和媽媽說說話。這個時間她應該有空吧。我一打過去，電話馬上就通了：

「咪咪？妳這馬才有閒（現在才有空）？爸爸還沒回家呢。他一直想著妳……」

聽到的是日語、中文和台語參雜在一起的聲音。咪咪，妳終於有空啦？爸爸一直很擔心妳呢……我打斷媽媽連綿不絕的嘮叨，問：爸爸不在嗎？媽媽回答：爸爸還沒回來，是和學生吃飯的日子。我這才發現今天是星期二，是爸爸研究室開研究會的日子。這個時候，他大概在擺放著布袋戲人偶——台灣的傳統人偶劇——的研究室和學生進行討論吧。

研究大眾戲曲的父親在研究所期間留學台灣，他就是在那個時候認識母親的。提出博士論文的隔年，他開始任教於現在仍在職的私立大學。那一年我三歲。

——這孩子的中文，說得比我還像台灣人啊。

還記得父親曾得意地這麼對他的學生說。相比之下，我那時候的中文還算是好的。一開始上小學之後，我就變得只說日文了。雖然父親感到有點遺憾，但是卻沒有禁止我說日文。當我說想要學中文時，父親比母親還要高興。

——咪咪主動說要學媽媽的語言啊，還有什麼比這更令人開心的呢！

正和媽媽話說到一半，就聽到開門的聲響。我用日文道了聲：歡迎回來，電話另一頭的媽媽便問：朋友轉來（回來）？因為不好意思讓玲玲聽到我和媽媽的對話，我便迅速地告訴媽媽：那我掛電話囉。一和玲玲對上眼，她都還沒來得及說一聲「我回來了」，便嘆息道：妳聽我說，簡直太糟糕了。

在我和同學去豫園觀光時，玲玲獨自去了外灘。

她站在黃浦江沿岸眺望對岸的東方明珠電視塔時，有人用日語問她：妳是日本人嗎？對方是個正在學習日文的學生。他想要找人練習說日語，還提議要請玲玲喝果汁，於是玲玲便欣然同意。一面啜飲著甜膩的果汁，在黃濁的河畔，男學生詢問著：我畢業以後想要到日本去工作，所以想要去日本留學，妳是從東京來的，妳知道哪個大學水準最高、風評最好嗎？儘管他的日語確實不錯，卻有點像是照著課本念的生硬感。正當他吞吞吐吐說不出日語時，玲玲便把對話切換成中文，對方反而詫異地問，妳不是昨天才來的嗎，中文怎麼說得這麼好？玲玲回答，我從小就會和爸爸說中文啊。青年露出不可思議的表情，於是玲玲用中文告訴他：**我爸爸是台灣人**。

「然後妳知道那傢伙說什麼嗎？他說：『妳知道嗎？這個世界上沒有台灣這個國家！』」

玲玲幾乎要大吼起來了。她說，那個男學生接著這麼說：

——台灣人啊？照妳這個說法的話，那我也得說自己是上海人才行了。

她氣急敗壞地向我報告事情的來龍去脈，一面看著我說，中國人實在是太傲慢了！但我與其說是同意，不如說是佩服玲玲。畢竟能與當地人進行這種議論，就證明她的語言能力真的很好啊。氣憤的玲玲用中文說著：**氣死了！**

我告訴她，剛才妳媽媽打電話來，她便拿起電話說：那正好！

「**媽媽？是我！**」

不顧我還在一旁，玲玲便大大方方地用中文講起電話，讓我覺得她的中文說得可真是熟練。

「……**實在很討厭！那個中國人跟我這樣說：台灣人？按妳的說法，我也得說自個兒是上海人**……」

玲玲對母親滔滔不絕。

——按妳的說法，我也得說自個兒是上海人。

在跟我說的時候，玲玲雖然是用日文表達的，但是聽到她與媽媽的對話，我才暗暗佩服，原來中文實際上是這樣說的啊。

每當媽媽把中文、台語混在一起時，我總是能瞬間翻譯成意思相近的日文，爸爸不時會這麼稱讚我：

——咪咪真是媽媽最棒的翻譯官了。

但是我不禁感嘆，玲玲每天在做的事，卻是比我更正式的「翻譯」啊。因為她為了要和爸爸、媽媽說話，必須要把在學校或家裡以外的所有對話全都轉換成中文才行呢。

*

陳老師把白色粉筆寫的句子中，那幾個「還是」的部分用黃色的粉筆圈了起來。他用日文說明，無論是看似多麼複雜的句子，都還是有固定的架構，所以我們來複習吧，並要求正在抄黑板的同學們抬起頭來。

「田中先生是中國人，還是日本人？」

「日本人，他不是中國人。」

眾人齊聲念著陳老師的例句。念完一遍之後，清水喃喃說道，田中先生怎麼可能是中國人嘛。寺岡說：對啊，我也這麼覺得。兩個人的日語在教室裡回響著，把大家都逗笑了。的確，實在是很難想像一個人名叫田中，卻不是日本人啊。

——我大概也被別人說了一百次「妳日文真好」了吧。

當我誤會玲玲的同班同學龍舜哉是中國人時，玲玲用一種「我早就習慣了」的語氣這麼說。

——只要說我姓吳，大家就會判斷我一定不是日本人。接著就會想，既然妳不是日本人，日文怎麼會說得這麼好。

田中先生一定是日本人。面對清水單純的疑惑，陳老師只是冷靜地說：「這只是文法的複習而已。」於是我們這些留學生便再度被要求朗讀那些例句：

「你是中國人，還是日本人？」

「我是日本人，不是中國人。」

在外國人的例句裡，只有「日本人」、「美國人」、「韓國人」、「法國人」的中文字，卻找不到「台灣人」。

——台灣人啊？照妳這個說法的話，那我也得說自己是上海人才行了。

由於想到這件事，因此在放學後的「互相學習」時間裡，我試著對姓李和姓胡的兩位中國學生說「我的媽媽是台灣的人」，而沒說我的媽媽是台灣人。

「原來如此。」李同學先開口這麼說：

「我覺得妳的普通話是所有人中說得最棒的。」

在李同學的身後，清水和松村正和別的中國學生比手畫腳交談著。在我身後，赤池和藤井則是和另兩個學生一面筆談一面進行對話。「最棒」，聽到這句讚美，令我不禁害羞起來。在我開口說其他話之前，從李同學口中迸出「同胞」這兩個中文字。

「妳是我們的同胞！」

不只是李同學，胡同學也露出親切的笑容這麼對我說。

儘管我對突如其來的「同儕意識」感到有些困惑，但是對這兩位中國學生的親切感到很開心。如果我的父母都是日本人，他們或許就不會有這種反應了。所以胡同學問了我一個很直率的問題：

「那麼妳的普通話怎麼只有這種程度？」

我捕捉不到問句的意思，即便是貶義還是露出微笑。

這個夜裡，我一面複習著陳老師的作業，一個句子突然浮現腦海：

你的爸爸和媽媽，哪一位是日本人？

你的爸爸和媽媽，哪一位不是日本人？

在一開始進入漢語學院時，我和玲玲都被歸為「非初學者」，單獨接受鄭老師的補課。但是一個月之後，鄭老師把我叫出來並告訴我：

——從明天起，天原妳可以不用來上補課的班了。我認為和其他學生一起從基礎扎實地學起，對目前的妳來說比較有幫助。

也就是說我的實力不足。不過被鄭老師這麼說後，我反而安下心來。我向玲玲報告我從補課的班「脫隊」了，玲玲便遺憾地說，這下我要寂寞了。雖然一開始玲玲把擁有相同境遇的我看成是敵手，但是我們的實力之差是不言而喻。

——我覺得妳的普通話是所有人中說得最棒的。

那是因為玲玲不在我們班上的緣故啊。

*

我聽見有人在說話的聲音。

大概是媽媽、舅舅和舅媽吧，似乎還有阿姨。他們是媽媽的哥哥和他的妻子，以及媽媽的妹妹。各式各樣的中文，像海浪一般拍打著正在睡覺的我的耳朵。爸爸到哪兒去了呢？怎麼沒聽見爸爸的聲音呢……半夢半醒之間，才發現流入我耳裡的中文，是電視裡的聲音。

我並不是在台灣，而是在上海啊。

一發覺這個事實，我便恍恍惚惚，全身沉浸在晨間新聞的中文裡。

——咪咪，**起床**！

玲玲用中文呼喚我。等我再度睜開眼睛，已不見玲玲的身影，電視機也靜悄悄的。一看時鐘，我整個人跳了起來，放棄早餐的豆漿和油條，好險沒有遲到。

星期五，留學生活的第一個週末。不知道是不是心理作用，總覺得大家都很坐立不安。下課的鈴聲一響：

「走吧！去吃螃蟹！螃蟹！」

大夥兒搭上公車，朝著南京路前進。一路上，同學們嘴裡說著所知有限的中文：「高興極了！終於吃到上海蟹！」「完全同意！」「肚子餓了」……大家一面說著新學的中文，看起來開心得不得了。

——妳的普通話怎麼只有這種程度？

胡同學那個疑問再度湧上心頭。如果是學中文不到一年的日本人，明明應該會被稱讚的；但是畢竟我有台灣人的母親，所以我的中文程度實在算不上好。

進到赤池預約的上海蟹餐廳，為我們服務的張先生拍拍胸脯說：我會日文。「螃蟹、腳拉開，一隻一隻轉開、拔下來」「這樣、翻過來。不要的拿掉、這個也拿掉！」「看喜歡、沾這個吃，白醋跟黑醋，也有薑。」「最後，螃蟹的腳，這裡最好吃。肉很多。要紹興酒嗎？不行？你們都還是小孩子吧？」

他的日文非常直截了當，但是大家都聽得懂。我的太太是日本人喔！看著一面笑一面露出白牙齒的張先生，讓我忍不住說出口：我很喜歡你的日語。但是張先生卻露出認真的表情反問：為什麼？

如願享受了上海蟹大餐之後，就是去觀光啦。

因為是週末，最熱鬧的南京東路上充滿熙熙攘攘的人潮。太陽就要落下，氣溫也和緩了許多，但是人潮卻不減熱度。松村和清水要去看以前是賽馬場（上海跑馬廳）的人民廣場，而藤井和添田打算要走到南京西路去。

「天原，妳呢？」

「我想去外灘。」

「外灘也是個必去的景點啊。」

「ㄙˋㄍㄤ你也要去那裡嗎？」

「嗯……我還是去吃美食好了。」

愛開玩笑的寺岡吐著舌頭。南京西路的南邊是有名的美食區，聚集了許多好評的飲茶餐廳和咖啡店。藤井關心地問：

「天原妳一個人沒問題吧？」

但我正想要一個人呢。向分成兩批人馬的同學們揮揮手，我離開日文，一腳踏進只有中文紛飛的熙熙攘攘之中。穿過鬧區，微風吹過我的肌膚。

一棟一棟林立在蜿蜒河畔的建築物，全都非常氣派。在過去上海被稱為「東方巴黎」的年代裡，這一帶都是政府機關、領事館、銀行和商行，因此建築物都採用當時最高的技術打造完成。石造的建築物至今仍堂堂地聳立於江畔，眺望著濁流滾滾的江水。或許從我祖父母的雙親處在我這個年紀的時候，這個景象就不曾改變過吧。背向百年前的建築物，我想去看看浦東地區的高樓大廈，便朝河岸走去，這時候卻聞到了都市河川特有的臭味。可能有人會想要捏住鼻子，但這味道卻讓我想起了台灣祖父母家旁邊的臭水溝，所以並不是太排斥。

鐘聲響了起來。

每十五分鐘，江海關的鐘樓就會傳來敲鐘聲。一面聽著哀愁的旋律，我一面品味著自己身處於被夕陽染色的上海河畔的滋味。

後來我才知道，讓我陶醉其中的旋律是叫作〈東方紅〉的曲子，也知道了這是一首讚美毛澤東的歌。我聯想起小學一年級的秋天，在運動會開幕典禮的預演，第一次聽到的音樂。老師要大家排列整齊，並且要目不轉睛地盯著緩緩上升的國旗。描繪著日之丸——老師們都說那是「國旗」——的旗子，朝著天空緩緩上升的儀式，伴隨著莊嚴的音樂，讓我心中非常震撼與感動。回到家裡，我告訴父母，那首歌真的很棒喔，明天開幕儀式的時候一定要記得聽喔！

——有旗子的時候放的音樂？

——嗯。

——咪咪，那首歌叫作〈君之代〉喔。

我每年都唱著那首被稱為〈君之代〉的歌，在小學快要畢業時，已經把歌詞都背熟了。如果我在台灣長大，或許就會像媽媽、外公或外婆那樣，把「三民主義」記得滾瓜爛熟吧。親戚們知道在日本長大的我，為了要學中文而到上海去，都異口同聲地說：

——為什麼要去中國？來台灣比較好！

站在黃浦江畔，我沉浸在過去台灣絕對不會播放的音樂裡。

東方紅、太陽升，
中國出了個毛澤東。
他為人民謀幸福，
呼兒嗨呀，
他是人民的大救星……

音樂靜靜地停止，只留下旋律的餘韻。當我聽到有人喊著「咪咪」時，覺得有點不真實。咪咪、咪咪。但聲音卻是千真萬確。朝著聲音的方向抬起頭來，我暗自嚇了一跳。

「啊……」

「太好了，看樣子妳還記得我。我是龍啊，龍舜哉。跟吳嘉玲同班的……」

這時候中文課本裡的例句浮現在我的腦海，但我卻沒有脫口而出說：

「我沒想到能在這兒碰見你！」

妳一個人嗎？對方問。方才還是淺紫色的天空，現在更接近黑夜了。黃浦江的河面拍打著大浪，但船隻仍然破水前進。對，我這麼回答的聲音略帶沙啞。我也是，龍說。

「我自己一個人在附近閒逛，沒想到，卻發現『哎呀，那個女生，要真是她那就太好啦』，所以我就走近一點看，果然就是咪咪！」

他一直叫著「咪咪」，讓我的心情很不平靜。因為直到今天，會這麼叫我的只有爸媽、彗和玲玲而已啊。船隻鳴了汽笛之後，又靠近了不少。

「嗯，真好。我是在港都長大的，一聽到那聲音就有種懷念的感覺。」

等聲音漸遠之後，龍舜哉像是在咀嚼什麼般這麼說。或許是因為意想不到的人突然站在自己身旁，儘管眼前這片美景有如風景明信片，我卻有種只有自己從明信片上剝落的感覺，無法靜下心來。龍的視線卻望向對岸：

「大珠小珠落玉盤……」

「唔？」

「白居易的詩。據說東方明珠的設計師從這首詩裡得到靈感，所以設計了兩個珠子般的球體。不過從這邊看過去，那邊還真是有種未來世界的感覺啊。真不敢相信幾年前，那邊都還是田地跟倉庫。」

龍的關西腔，讓我想起「西日語」這個字。我告訴他，以前我都不知道……關西腔用中文是這樣說的。

「因為我沒聽過我以外的人這麼說啊。」

他又轉換成標準語了。

「你真是轉換得很自在啊。」

「是嗎？老實說，我小時候常常被嘲笑。他們都說：舜哉你的日文有東京腔。」

「東京腔？」

「嗯，因為還是小屁孩嘛，大家都不知道有『標準語』這種說法。」

我笑了。一瞬間，我覺得剛才的緊張感都融化不見了。我們就這樣眺望著對岸。汽笛又響了起來。隨著夜晚的降臨，搖晃的水面映著街道的燈光顯得波光粼粼，微風輕輕地吹拂著，吹來了好聞的味道，彷彿是割完草之後清新的氣息。我看向龍，他也正看著我。我們一對上眼之後，他便用中文問道：

「吃飯了嗎？」

我突然覺得很滑稽：

「什麼嘛，你好像中國人喔。」

他露出笑容回答，就是字面上的意思而已啊。

「要不要一起去吃晚飯？」

這時候，鐘聲再度響起，外灘之上那片淡紫色的天空，即將正式進入黑夜。

「兩個人單獨去的話，會對妳的男朋友說不過去嗎？」

我避開視線，點了點頭。眼角餘光瞥見他的笑意，讓我心頭有點癢癢的。

「妳真老實。**我很羨慕妳的男朋友。**」

把他的中文翻譯成日文的瞬間，這句話就甜甜地烙印在我的心頭。

我們最後決定搭同一台計程車回去。

——他跟我一樣只擅長說喔。

告訴計程車司機目的地的龍舜哉，中文的確是非常流利。車子開動了。車上的收音機在報時之後，開始播放類似新聞的節目。雖然我很努力想要理解內容，但是他們說得太快了，而且還有很多我不懂的詞彙，讓我只能舉手投降。不知道龍聽不聽得懂？一這麼想，不經意地看向他，沒想到我們又對上了眼。

「真是太對了！」

「唔？」

「笑咪咪，所以妳叫咪咪啊，對不對？」

他和玲玲一樣，一下子就說中了。接著他又告訴我，因為他從玲玲那裡聽了很多我的事，所以不知不覺就感到很熟悉。

「玲玲跟你說了我的事？」

「嗯，她說妳個性很認真、很溫柔，有時候做事慢吞吞的，早上都起不來。」

哎呀，玲玲真是的，正當我覺得害羞時，龍戲謔地繼續說道：

「她還跟我說，妳的媽媽是台灣人。」

「……」

「她說因為妳的狀況跟她很像，所以跟妳在一起的時候覺得很安心。」

沒想到玲玲是這麼想的啊。計程車的速度變快了。橙色的街燈像是打著節拍般一湧而來。

「龍同學……」

「妳也太見外了吧，叫我舜哉就好啦。」

「舜哉同學，」

「同學這兩個字太多餘了。舜哉。如果不這樣叫我，我就不回應啦。」

帶著笑意的聲音，輕輕騷動著我的心。於是我放大膽子：

「舜哉，你也跟我們一樣，爸爸媽媽其中一個是台灣人或中國人嗎？」

什麼嘛！舜哉說，吳嘉玲那傢伙，都沒跟妳講我的事嗎？因為他失望的模樣太有趣了，讓我忍不住笑出來。他重振精神之後，告訴我：

「我們家兩邊原本都是中國人。」

「原本都是中國人？」

「嗯，我爸爸那邊家裡經商，後來按照祖父的決斷，一家人就全部取得日本國籍了。媽媽那邊則是長大成人之後，因為就業需要所以她自己歸化為日本籍的。」

舜哉的祖父原本姓「劉」，但因為這個字不是日本的常用漢字，才改成日文發音同為「Ryu」的「龍」。他開玩笑說，我爺爺拿到日本國籍的同時，也變成 Dragon 了呢。

「反正都是要歸化的，為什麼就不改成一個更像日本人的姓呢？托他的福，小時候每次只要我一說到自己的姓氏，就要解釋一大堆，真的很麻煩。」

的確，我第一次聽到舜哉的名字也覺得很混亂。但是如果他的父母原本都是中國人的話，那他究竟是哪國人呢？

「那，咪咪妳覺得我是哪國人？」

他反問我，反而讓我動搖了起來。

車上的收音機開始報起氣象預報。從北京開始，到上海、廣州、成都、瀋陽、南京、杭州、西安……這些地名對我來說都很陌生，無法一下子理解並轉換成日文。好大喔，舜哉喃喃自語。

「什麼？」

「中國真大啊。既然這麼大，就算有一個像我這樣的中國人也不奇怪吧。」

「……這麼說來，你覺得自己是中國人囉？」

「是啊。不過我從一出生就是日本國籍喔……」

舜哉看著我的眼睛這麼說：

「所以我覺得自己是日本人。」

覺得自己是日本人？舜哉似乎預料到我的困惑，露出了笑容。

「咪咪妳也是吧，妳是日本人，也是台灣人。」

在舜哉的背後，看得見閃爍的霓虹燈。那股清新的香氣，果然是來自舜哉身上。

「……我從來沒這樣思考過自己的事情。」

「那妳是怎麼想的呢？」

勉強地說，我覺得自己一半是日本人、一半是台灣人吧。舜哉笑了，那不是一樣嗎？

「總之兩邊都算是啊。」

計程車從大路彎進巷子裡，車窗外流動熟悉的景象。我突然察覺舜哉說「對我感到熟悉」的意義是什麼了，也開始對計程車就要到達目的地感到惋惜。

「而且我爺爺算是台灣出生的。」

「咦？」

「他在日據時代從台灣移居到日本，在戰後一片紛亂之中取得了中華民國的國籍。」

「中華民國……」

正當我還在咀嚼這番話的同時，舜哉便以極為流暢的中文對司機說：

「過了下個紅綠燈就靠邊停車。」

舜哉不肯拿我的計程車錢。「不然妳請我吃那個！」他指著如果我沒睡過頭的話，上學途中一定會在那買早餐的小攤販。因為已經是晚上了，沒有我最喜歡的油條，但是卻還有小籠包。我買兩個。從我手中接過小籠包，他站在原地美味地吃起來：「這比在餐廳裡吃的還好吃！」舜哉微笑著。大學宿舍分成南棟和西棟，我們所住的南棟大多是外國來的留學生，不過西棟卻有不少中國學生。

「我是西棟的居民。」

他故意用一種做作的語氣說。在南棟的大門，我們不經意地面對面。

「多虧咪咪妳，今天成了美好的一天。」

本來想說「我也是」，但是他盯著我的視線讓我有點難為情。我迅速地說，謝謝你。他卻笑著說，什麼嘛，怎麼突然這麼客氣。最後他果然又用關西腔混著中文說：「ほな，再見！」

回到房間，玲玲正在講電話：「好，明天見！」掛上電話，大概是剛才講得太開心了，她滿臉笑容對著我說：

「咪咪，妳明天要不要去深圳？」

「深圳？」

「嗯，我表姊住在那裡。我跟她講了妳的事，她就說既然是週末，我們就一起去玩吧。機票的話不用擔心，姊夫會幫我們用經費搞定。」

因為這邀請太過突然，所以我有點遲疑。接著我想起一件事：

「可是後天大家要一起準備ㄔㄔ的慶生會啊。」

「Chichi？啊，妳說赤池啊。咪咪妳不參加不行嗎？」

什麼行不行的，明明大家也有邀請玲玲啊。

「這樣啊，對不起、對不起，我都忘了。那咪咪妳不能去深圳囉？」

「嗯，真不湊巧……咦，這麼說來玲玲妳明天也不能去朱家角嗎？」

「那個不是自由參加？」

「可是大家一定會想要妳去的啦。」

「才不會呢，根本就沒人在意吧。再說，從禮拜一到禮拜五已經每天都在一起了，週末還要一起去遠足，日本人真的是很喜歡做什麼都黏在一起啊。」

她的語氣彷彿我們不是日本人似的。

「……對了，我今天遇到 Ryu・Shunya（りゅう・しゅんや）。」

「誰？」

「龍同學啊，玲玲妳的同班同學，那個幫我們裝水的關西腔的……」

「喔喔，Lóng Shùnzāi 啊。妳說什麼？他去了哪裡？」

「嗯，在外灘的鐘樓附近，我碰巧遇見他……」

「什麼嘛，那傢伙，今天也沒來上課，還真是活得很自我啊。」

我突然覺得好笑。

——像我們這樣的話，總之兩邊都算是啊。

活得真自我。這麼說來，的確和那個人——龍舜哉——很相符呢。

*

總共有二十支蠟燭，赤池把蠟燭吹熄。清水把圓形的蛋糕切成數等份，真不愧是在餐廳打工的人，動作非常熟練。添田對近藤說，吃一點嘛！近藤卻拘謹地回答：不了，妳的好意我心領了，這樣年輕人才能多吃一點啊！她臉上掛著微笑。寺岡開心地用中文說：謝謝近藤同學！添田則一面把裝在盤子裡的蛋糕分給眾人，一面苦笑著說：我老公到現在都還會跟兒子搶吃的呢！坐在我身旁的赤池咬了一口蛋糕，高聲地用中文說：非常甜！

「是嗎？」

「真的！」同學們開心地說著中文。

突然覺得我們這群學習中文的同學們，背景和經歷還真是各式各樣。

近藤是退休後突然下定決心要學中文，添田則是等兒子進入高中之後，才進入漢語學院就讀的。在學院裡，大家都會尊敬地用中文叫她一聲「媽媽」。辭掉工作進入漢語學院的油川，口頭禪是「人生不會重來」。本來是大學生的藤井，猶豫不知該升學進研究所或是漢語學院，最終還是成了我們的同學。不過大多數都是和我一樣，高中剛畢業沒多久，就來學中文的學生。

「我在二十歲的時候，根本沒想到十年後自己會像現在這樣學中文啊。」

油川有所感觸地說著。

「十年真是一眨眼就過了，我要趁現在好好享受青春！」

他故意說得一副自己是人生前輩的樣子。寺岡也模仿油川的口頭禪說：因為人生不會重來嘛。

「還有其他人也會在留學期間過生日的嗎？」

藤井環視著大家。我，清水舉起手來。不要騙人啦，你不是說三月生日嗎？松村吐他槽。啊，天原不也是七月嗎？赤池說。幾號？寺岡也追問。我一回答三十號，就聽見有人接著說：

「啊，那不是我們回國的那天嗎？」

沒錯。

「那在回日本之前，還可以再唱一次『祝你生日快樂』了。」

剛才大家才為赤池唱了這首歌，搭配這句中文的是〈Happy Birthday to You〉的旋律。

「祝你生日快樂」、「ハッピーバースデートゥーユー」。

從小到大，在我們家只要有人生日，都會各唱一遍中文和日文的生日快樂歌。不知道玲玲她家又是怎麼樣呢？過生日的時候也是只唱中文的「祝你生日快樂」嗎？

我想要問問她，但卻錯失了良機。結束了兩天一夜旅行的玲玲，一回來就雙頰泛紅激動地向我報告：

「真是讓人火大。機場的移民官看著我的台胞證，露出可疑的表情，還說這該不會是假造的吧……」

這件事發生在她從虹橋機場要搭飛機前往深圳的時候。

「我都不知道搭國內線也要出示台胞證。」

因為玲玲拿的是「中華民國」的護照，進入中華人民共和國就得出示「台灣居民來往大陸通行證」——簡稱「台胞證」。她和我們這些拿日本護照的人不一樣，而是以「台灣人」的身分進入中國，因此不被看作是單純的「外國人」，但卻也不是「本國人」。由於台灣與中國之間緊張的政治關係持續到今天，玲玲透過這次的中國國內旅行，又再度瞭解到自己的微妙立場。而讓這個狀況更複雜的是，玲玲雖然是中華民國國籍，但她卻長期都住在日本。玲玲的「台胞證」是中國駐日大使館發行的。對虹橋機場國內線的移民官來說，這種持有中華民國護照、卻沒有台灣地址的人，非常少見。也因此玲玲就這麼受盡了一堆追根究柢的質問。更讓玲玲生氣的是，移民官嘲笑玲玲中文的態度。玲玲大概是一面向我報告，怒氣又重新湧上心頭，讓她幾乎都要吼了起來：

「那個人當著我的面就大剌剌地說：『她應該是台灣人，因為她的普通話帶著很強南方口音』！」

玲玲因為對方說她的中文口音有腔調，因此感到屈辱。而且那位移民官還低聲說：「我的孩子才三歲，他說的普通話比這個女孩還標準。」

「我想都沒想就脫口而出：你們說的壞話我都聽得懂！」

玲玲說移民官聽了這句話，卻露出一臉茫然的表情。或許他們根本沒有「南方口音」是壞話的自覺吧。所以這讓玲玲更加無法接受，脹紅著臉喋喋不休地說著：

「所以說中國人就是這麼討厭。ㄗ、ㄘ、ㄙ哪裡不好了？天生會說ㄓ、ㄔ、ㄕ就這麼了不起嗎？」

大概是說累了吧，三十分鐘前有如烈火燃燒的怒吼彷彿從沒發生過一樣，玲玲安安穩穩地墜入了夢鄉。在燈泡的亮光之中我異常清醒，突然回想起在東京時玲玲給我看的那本深綠色封面護照。

——我跟其他人不一樣，我比較特別。

開始留學生活之後，玲玲就經常會這麼主張。我現在終於能夠稍微理解她的心情了。不光只是吳嘉玲這個中華風的姓名，儘管我們的狀況相似，父母雙方都有一個台灣人，但是名叫天原琴子、又拿日本護照的我，卻是和其他日本同學更接近的。

＊

陳老師在每堂課的一開始，都會請一位學生上台做大約一分鐘的演講。今天輪到赤池了。

「因為這是我第一次開始在外國生活，所以感到特別緊張，現在因為有好朋友的照顧，並不感到孤獨。我會努力學習到離開那天為止。」

被赤池所說的ㄨㄞˋㄍㄨㄛˊ這個發音所觸及，我突然回想起曾幾何時父親對著舅子——也就是我稱為「舅舅」的長輩——這麼說的記憶：

——她在外國的生活，也已經快要十年了。讓她離開父親和大家，有時候實在感到很抱歉……

父親沒有說日本，而是說外國，讓我覺得很奇特，因此印象很深刻。

——雖然她看起來很文靜，可是從以前我們兄弟姊妹當中，最勇敢的就是她了。所以她說要跟外國人結婚的時候，大家都不覺得驚訝。

大概是受到父親的影響，舅舅也沒有說日本人，而是外國人。對母親來說日本是「外國」，但是在台灣的父親卻被稱為「外國人」。我一邊聽著大人們以中文進行的對話，一邊覺得真是不可思議，無論是台灣或者日本，對我來說都不是「外國」啊……陳老師似乎發現了我的心不在焉，馬上叫了我的名字：天原！我慌張地用日文回應：はい（Hai，是）！於是陳老師便用中文問道：

「天原同學，你對赤池同學的演講有什麼感想？」

ㄨㄛˇ……我急急忙忙開始用中文排列組合句子。

「我也參加了赤池的生日會。跟大家一起為她祝福，我也很高興。」

陳老師面無表情切換成日語：

「真不愧是天原，說得非常流暢。但是請多注意妳的捲舌音，生日會是shēng，不是sēng。」

是，我注意著捲舌音這麼回答。

「天原，既然妳原本就說得不錯，更是應該改掉壞習慣，不然太可惜了……」

是，我這麼回答的音量降得更小了。

這並不是我第一次被陳老師指出，捲舌音應該要捲得更確實。

——你去過台灣嗎？

第一次上課時，當老師這麼問我，我驕傲地這麼回答：

——有，我出生在台灣！

接著我又用中文補充說明，我的媽媽是台灣人。這麼說完，陳老師便點點頭：

——原來如此，你說的普通話帶南方口音……

不同於在虹橋機場面對移民官的玲玲，那個時候的我還不懂南方口音這個中文詞彙的意思，只是傻傻地愣在那裡。陳老師接著轉換成日語：

——一聽妳說的中文，大家馬上就會知道妳是台灣人。

接著陳老師用除了我以外，其他的學生也都能聽得見的音量說：

——在台灣說的中文，跟從今天起我教大家的標準中文不一樣。最明顯的就是發音，他們是幾乎不捲舌的，這個同學也是如此，所以我才會問她是不是有去過台灣。她的中文就是像台灣人一樣的南方腔調。

南方腔調。

在漢語學院學了一年中文，這還是第一次有人如此明確地這麼說我。整間教室的人都盯著我和陳老師，散發出一種不安的緊張感。

——那麼，陳老師……

你的意思是所有台灣的人說話都有腔調嗎？我正打算要這麼問，卻被陳老師給打斷了：天原，我不姓岑，我姓陳。

「唉，都是我一開始就把老師名字叫錯的關係。現在只要陳老師一叫到我，我就緊張到不行……」

吃午飯的時候，我自我解嘲地說。赤池和藤井露出尷尬的笑容互看了一眼。添田則安慰我：

「要是突然間有人用中文問我問題，我就會支支吾吾的，什麼都說不出來呢。天原妳馬上就能反應過來，實在是太厲害了。」

的確是馬上就能反應啦，我嘆息道。

——這孩子說的中文比我還像個台灣人呢。

隨著日文的精進，我以為自己會把中文全都給忘了呢。但是我的舌頭卻仍然清楚地記得孩提時代自己所說的那個語言。要是照陳老師的說法，大概就是染上了「壞習慣」吧。

——ㄗ、ㄘ、ㄙ哪裡不好了？天生會說ㄓ、ㄔ、ㄕ就這麼了不起嗎？

我想起昨天夜裡玲玲的憤怒。畢竟她的中文比我流暢得多，想必也比我聽起來更像台灣人吧。

「但是我其實還滿喜歡的呢！」

喜歡台灣偶像劇和台灣明星，因此開始學習中文的油川這麼說。

「對台灣人來說，不捲舌是理所當然的吧。所以天原妳也不需要太在意啦。」

用完餐的松村和清水走了過來，開口邀請我們：下午我們要在日語系的資料室跟胡同學、李同學互相學習，你們要不要一起來？油川和赤池毫不猶豫地答應要參加。添田則說要去圖書館而拒絕了。天原妳呢？他們問我。啊，我有點事要去電腦教室，我回答。

——那麼，妳的普通話怎麼只有這種程度？

自從那次之後，每當碰到要跟日語系的同學交流，我就會有點卻步。雖然只是剛才靈機一動脫口而出的理由，但吃完中飯，我還是往電腦教室走去。冷氣強得讓人覺得有點冷，昏暗的教室裡冷冷清清。我找了一個位子坐下來，打開電腦。一登入就顯示收到一封新的訊息，寄件人是爸爸。寄件日期是打給媽媽的隔天。

「沒接到琴子的電話，真讓我後悔昨天這麼晚回家。聽說妳過得很好，那真是再好不過了。笑容常在笑口常開，身體健康萬事如意！」

常保笑容，一切順利。

真像是爸爸會說的話。「笑顏」在中文字裡是「笑容」的意思。據說和「笑容」同音的「咲蓉」曾經是他們替我取名時的候補名字，一直到最後都和「琴子」不相上下。這兩個都是父親命的名。究竟要叫Shouyou（しょうよう，咲蓉的日文發音）還是Kotoko（ことこ，琴子的日文發音）？最後是母親的一句話決定了一切：

——多桑說，孩子取名，還是取個像日本人的好名字吧。

沒錯，正如外公所言，比起咲蓉，琴子這個名字要來得更像日本人。外公的日語說得非常好。

——多桑說話好像日本人！

舅舅總是這麼說。偏愛日本的外公，讓大家都叫他「多桑」這個帶有日本風的稱呼方式。所以當我用日文稱呼他爺爺的時候，他真的非常開心。

（笑容常在笑口常開……）

當這句話還在我胸口迴盪著，我突然想到要用中文回信給爸爸：

「謝謝爸爸，我很好，別擔心！　琴子」

雖然只是這麼簡短的訊息，我卻很生疏地一面輸入漢語拼音，一面挑選中文字，儘管花了不少時間，卻很有成就感。在登出電腦之前，雖然心裡抱著淡淡的期待，卻沒有再收到其他新的訊息了。

我手寫的信應該已經寄到了才對啊。一到上海的第三天，我就把信寄出去了。我悄悄地嘆了一口氣關上電腦。彗也沒有自己的電腦，如果不去學校就沒辦法收發電子郵件，再說學期末電腦教室應該擠滿了人。我想起前往機場的巴士上，兩人突然一陣靜默，他緊緊地握著我的手說，一個月都見不到咪咪實在是太難熬了。我一面安慰他，我一下子就回來啦；一面覺得哭哭啼啼的彗真是惹人憐愛。

（沒想到他過得也滿好的嘛。）

當我正浮出一股想要鬧彆扭的情緒時，卻有人從後面拍了一下我的肩膀。之前多謝妳啦！背後的人低聲說道。雖然還在教室裡，但是我卻沒有上次那麼吃驚了。我們走出貼著「禁止喧譁」告示的電腦教室：

「你今天有乖乖來學校啊！」

「妳說啥？」

玲玲曾說過，對龍舜哉而言，學習語言只是跟興趣差不多的事而已。

——他還說大學畢業之後要去加拿大學法文呢。他高中時每次放暑假都會去夏威夷的朋友家住，因此學了英文。所以這次只是順便來了上海的感覺。

聽說你只有想上課的時候才會來學校啊，我這麼告訴他之後，

「聽說？哈哈，一定是吳嘉玲說的吧！」

龍舜哉大大方方地這麼回應，對我露出了笑容。我們就這麼並肩走著，走出了校園。燦爛的陽光非常耀眼。

「是否能與妳一起散個步？」

我被這奇怪又客套的說法逗笑了。當我一答應，他便爽朗地邁開步伐：

「好，走吧！」

沒走幾分鐘，我們便漫步在有作家魯迅之墓及紀念館的偌大公園中。

「一想到附近有個這麼大的公園，就讓人忍不住想來走走啊。真是讓人心情舒暢。」

「這裡原本好像是個靶場喔。」

靶場？這還是第一次聽說呢。不過舜哉卻繼續說著：

「據說還曾經發生過爆炸案喔。」

舜哉說，當時日軍在這裡舉辦了天長節——天皇誕生日——的慶祝會，

事情就發生在這個時候。那時各國的軍閥都在爭權奪利，所以這裡充滿了火藥味，他這麼說：

「尤其上海是治外法權的租界，外國人在這裡都是大搖大擺的，氣燄十分囂張。甚至還在門外貼上『中國人和狗不得進入』的標示呢。」

儘管日光熾熱，也擋不住公園裡的人們進行著各式各樣的活動：有人在打太極拳，也有男男女女在練習社交舞，有老人用墨水在地面上寫著書法，一旁有牽著手的母子經過。打靶場、爆炸案，實在很難從眼前這片祥和的景象聯想到那些事件。在一片中文聲——或許還夾雜著上海話——之中，我們走在樹蔭下。雖然還是會逼出一身汗的悶熱，但是樹蔭下卻很舒服。

「我當初想，如果要來上海的話，就要來虹口，所以才選了那間學校。因此也才幸運地和吳嘉玲同班，也才認識了咪咪妳喔。」

他的眼神裡滿是親暱。虹口就是這租界的名稱。我一邊不著痕跡地逃脫了舜哉的視線，一邊說：

「為什麼你覺得要來上海就要來虹口呢？」

「嗯，其實我的爺爺以前曾經待過上海。」

「咦，你不是說你的祖父出生於台灣嗎？」

「對，我的那個祖父啊，年輕的時候算是個浪子，他把曾祖父給他的學費全都拿去當旅行資金，買了船票從基隆到了上海。他想反正到了虹口之後，總會有辦法的。還真是悠哉啊。」

但我還是不太明白。為什麼他會覺得到了虹口之後就會有出路呢？對於我這無知的疑問，舜哉不厭其煩地回答：

「因為在這裡說日文也能通啊。」

「唔？」

「虹口這一帶是日本租界，算是日本人的地盤。我祖父的日語說得非常好。」

他露齒一笑，彷彿是在告訴我，這個理由不用說也知道吧。

「不知道是他高中同學的兄弟還是表親也在這裡，所以他就借住在那個人家裡。那時候，無論是台灣還是上海，到處都有日本人，總是一副旁若無人的樣子走在街上。」

看我沒有做出反應，他便試著結束這個話題說：別人家祖父的故事一定很無聊吧？不是啦，我急急忙忙告訴他，我並不是覺得很無聊，而是覺得很佩服。

「舜哉你真是個萬事通啊。」

「我？唉，跟妳說老實話，其實我從小就聽祖母嘴裡掛著虹口、虹口這個地名，而且……」

他刻意在這裡降低了音量，

「她還老是會說祖父以前的愛人怎麼樣、怎麼樣的……」

舜哉一面咯咯地笑著，看著他的笑臉，我也跟著笑了。無論是什麼樣的契機，舜哉對於自己選擇的留學地點的歷史非常了解。他和我不一樣，我只是因為這裡有漢語學院的姊妹校，糊裡糊塗就這麼來了。別說虹口了，我就連上海的歷史也不太清楚。

「唉，我連想要了解一下的念頭都沒有。要是我多念點書再來就好了。」

「哈哈哈，咪咪妳是第一次嘛。」

這時候有個看似是一家三口的小家庭從我們身邊路過。

「爸爸，抱抱！」

小女孩用清澈透明的聲音呼喚著。像是母親的女性警告說，妳自己會走吧！但是年輕的父親卻毫不在意地抱起幼小的女兒。被抱起來的時候，小女孩的臉頰碰到了爸爸的臉頰，她天真開心地笑了。妳還是娃娃嗎？女性不耐地說出這句中文，讓我感到無限的懷念。妳還是小嬰兒嗎？舜哉也面帶微笑地目送越走越遠的這一家人。

「不知道我小時候不想走路的時候，是不是也會說『**抱抱**』，叫大人抱我？」

雖然曾被母親拒絕過，但只要我鬧彆扭，父親一定會把我抱起來，每當這個時候，母親就會嘲笑我：**妳還是娃娃嗎？**

「喔對，咪咪妳是在台灣出生的吧。妳幾歲的時候來日本的？」

我豎起三根手指。三歲啊，舜哉誇張地把身子向後仰。在台灣的時候，我的父母主要都是以中文對話。

「咪咪妳爸爸的中文說得很好啊。」

就因為這樣，我母親的日文才會說得七零八落的。

「不過自從決定要去日本之後，我媽媽就主動提議從此之後要說日語，因為她希望我可以快點學好日文。我爸爸好像就只好摸摸鼻子跟著做了。」

對於我漸漸不說中文，父親比母親還要覺得可惜。我一面向舜哉說明一面想，說不定三歲時的我比現在的我中文說得還要自然、還要好呢。

「那可以這樣說吧，咪咪妳是為了恢復妳的中文能力才來上海的吧。」

對於舜哉的說法，我無力地笑了。一陣強風吹來，聽得見樹葉摩擦的聲響。我們倆不約而同抬起頭來，上海初夏的陽光十分眩目。找個地方坐吧，舜哉笑著說。我們找到一張面對池子的長椅坐了下來，看著池子裡鯉魚跳動的身影。恢復中文能力。我一面重複舜哉剛才的話，不禁發出嘆息。

「我本來也是這麼打算啊，可是來到這裡之後，反而覺得自己的中文變得越來越奇怪了。像今天，我又在課堂上被糾正舌頭不夠捲，讓我覺得很沮喪。我小時候從來沒有意識到一定要捲舌這種事。再說……」

啊，是烏龜！舜哉低聲地叫著。他坐在長椅上，身體向池子的方向前傾。微微地，傳來一股清香。大概是我說太多了吧，因此我緘口不語。然而視線望向池子的舜哉卻問：「再說」什麼？催促著我說下去：

「我在聽啊！」

舜哉的語氣非常溫柔，所以我也盡量維持著開朗的語氣繼續說：

「不知道為什麼，就是有點喪失自信。在日本的時候，只是稍微會說一點中文，就覺得很得意。但是來到這裡才第一次知道，既然我的媽媽是台灣人，那麼我現在的中文能力簡直完全不行。雖然大家都會稱讚我說得很好，但只要一公布『我的媽媽是從台灣來的』，大家就會覺得如果是這樣的話，我的中文算是差的。先被稱讚之後又馬上被貶低，這種狀況我之前從來沒遇過、也沒想像過，所以讓我的心情很動搖。」

這麼說來，當有人問玲玲「妳從日本來的，為什麼中文說得這麼好」時，就算她回答「**我爸爸是台灣人**」，也不會有人說「那麼妳的普通話怎麼只有這種程度？」如果雙親中有一方是台灣人，要是中文程度沒有像玲玲那樣的話，或許就很不像話吧。

「要是我的中文能說得再好一點，大概就可以更抬頭挺胸了吧……」

好得像舜哉和玲玲那樣……正當我打算這麼說時，突然想起玲玲告訴我，深圳是國境的城市。

「要是可以看得到那條線就好了，線的這邊是日本人，那邊是台灣人。這樣的話，我在說中文的時候，就要留在日本人這一邊。這麼一來就不會被別人說明明是台灣人，為什麼中文卻說得這麼差了。」

我笑著，但是舜哉的表情卻很認真。他移開了視線，低聲地說：才沒有呢。

他的語氣出乎意料地強烈，眼神盯著池子這麼說：

「才不會有什麼線呢。只要妳想要的話，妳可以成為日本人也可以是台灣人啊。只要跟隨著妳的心，穿梭其中就行了啊。」

「……」

「管他們說什麼『以日本人來說』或是『明明是台灣人』之類的，不管是哪裡人，妳就是妳啊，妳只要抬頭挺胸說妳自己的中文就好了。」

微風從我們的頭頂吹過。但這次，我和舜哉都沒有抬起頭來。在穿過樹葉灑下來的陽光中，舜哉直視我的眼神裡夾雜著一股獨特的親密感：

「不是『是哪一種』，而是『哪一種都是』。」

……

這就是我們，舜哉看著我堅定地說：

「因為我們兩邊都可以算是啊。」

回到宿舍的房間裡，玲玲似乎也才剛回來。桌上擺著一個還裝在盒子裡的錄音機。妳買的嗎？我問。對啊，她用力地點點頭。她說那是她下課後去了一趟南京路的百貨公司買的。反正都是要買，我想買日本製的比較好吧，她一面這麼說，一面把錄音機從盒子裡面拿出來。

「我決定了，為了要讓那些一直叫我捲舌的傢伙閉嘴，我就要把普通話學到完美！」

從今天下午開始，有以中高程度學生為對象開課的「發音矯正講座」。

雖然我們漢語學院組沒有學生申請聽課，但是玲玲之前就說過她要去旁聽。

「發音講座的老師稱讚我呢，她說吳嘉玲有抓住發音的訣竅。」

她一面拆開錄音機一面說：只要受到良好的訓練，就算不是以中文為母語的人，也一定可以學好一口標準的中文——也就是普通話——玲玲激動又滔滔不絕地說著。所以錄音機就是「初始投資」，她一面說著，說到「初始」這兩個字還誇張地捲舌。

「總之，我也要把這裡的中文學好，無論是『普通話』還是『國語』，我要把這兩個分開來使用。」

看起來似乎是宣戰的氣勢。

「我這樣跟媽媽說，她就要我加油，還說什麼希望妳有一天能變成我的對手呢。」

我回想起去年校內的辯論大會，在大會的尾聲，講台上集合了所有最優秀的參賽者，學院長站在講台上環視著台下。Tōngkǒu，他叫道。被指名的「樋口」一開始還有點客氣地婉拒，但一站到台上，馬上就直直地挺起腰桿，站到獲得特別獎的女兒身邊。

——鄰居們使用的語言，對我而言也是丈夫的母語。我的女兒能如此熱心學習，也讓我感到非常開心。

她流暢的普通話，完全不像是日本人。

「玲玲妳一定可以像妳媽媽一樣的。」

我努力擠出一點聲音這麼說。嗯，我就要做給那些人看，玲玲的聲音不帶一絲憂慮，眼睛閃閃發光。

——才不會有什麼線呢。只要妳想要的話，妳可以成為日本人也可以是台灣人啊。只要跟隨著妳的心，穿梭其中就行了啊。

像玲玲那樣嗎？但是我在出發點就已經遲了一步，這樣就得更努力才行。我明明還在這麼想，但是玲玲卻跑得更遠了。我盡力不讓這分焦躁感顯露在臉上。這時候玲玲問我，咪咪妳這個週末有空嗎？禮拜六我要和赤池她們去做旗袍呢。那星期天呢？妳對舊書市場有興趣嗎？玲玲接著問。上海有舊書市場啊？我立刻就被勾起興趣。玲玲便說，果然跟那傢伙說的一樣啊，還露出一副別有深意的笑容。

「龍舜哉說要帶我們去舊書市場逛逛。他說妳大概會喜歡看書吧。」

突然出現舜哉這個名字，讓我的心跳快了半拍。

「這個週末我們三個人一起去吧？」

今天下午，舜哉完全沒提到這件事。他們究竟是什麼時候說起這個話題的？我本來想這麼問，卻又把到嘴邊的話吞了下去，用一種比剛才積極的心情回答，如果禮拜天的話應該可以。

「**那麼我們禮拜天去吧**。太好了。龍舜哉在那之後一直吵著說想要跟咪咪妳多聊聊呢。」

這句話騷動著我的心。也正因為如此，我沒能向玲玲說出，今天下午我都和舜哉在一起的事。

＊

我正體會著真品絲綢的觸感。有人在我耳邊輕聲地說，妳可以把它貼在身體上感受一下喔。在柔和的燈光下，數不盡的布疋美得熠熠生輝。

這間改建自個人住家的店鋪，位在一條小路裡，小路的兩旁盡是長滿爬牆虎的洋式建築。經過一個日語系楊同學的指點，我們才知道這家專門訂製旗袍的店家。這是沈同學的大伯母那位「正宗上海人」從年輕時就經常光顧的店，在過去都只做當地老客戶的生意，不過據說幾年前老闆換人了，現在也有許多觀光客上門。

招呼我們的女士，看見和自己年紀差不多的添田，穿著一件品味良好、領子和袖口都有蝴蝶刺繡的深綠色上衣，便不斷地稱讚她：您看起來很年輕。她看到赤池，稱讚她腰部曲線很美；見了藤井的黑髮，就感嘆道：從沒看到有人的黑髮這麼有光澤。她對我則是睜大著眼睛說：「妳的肌膚像嬰兒般光滑細嫩。」也因此，我們每個人都開始認真討論起要不要買她推薦的上等布料。

赤池一邊比較著牡丹圖案和鳳凰花樣的布料問我：

「天原，妳媽媽也會穿這種衣服嗎？」

我完全沒印象。由於天氣熱的關係，外婆和外姑婆總是穿著麻料的洋裝，但那應該不算是旗袍吧。跟媽媽同輩的女性們，自從我有記憶以來，也都是穿一般的洋服。我曾經看過父母結婚時的照片，母親穿的是領口鑲有蕾絲的乳白色禮服。

「雖然我奶奶到過世之前穿的都是和服，可是現在除非是在特別的場合，還看不到和服呢。」

「對啊，大概只有成人式跟結婚典禮吧？像浴衣的話，如果不是要去煙火大會，也不會特地穿啊。」

我只穿過一次浴衣，那時候父親那邊的爺爺和奶奶都還很健康。父親有個和他相差九歲的妹妹，奶奶為了我，把姑姑小時候穿過的浴衣找了出來。看著我穿上浴衣的模樣，爺爺感觸良多地說：

——就算是あいのこ（Ai-no-ko，雜種、混血兒），穿起來也挺適合的。

那時候，我和母親都不知道這個「あいのこ」是什麼意思。還在念研究所的姑姑苦笑：

——爸爸，現在這個年代不可以再用那個詞了啦。要說half。

母親傻愣愣地對公公的話語做出反應：

——あいのこ，台灣也會這麼說。あいのこ，跟日文一模一樣呢。

戰前居住在殖民地台灣的日本人，對於「混血兒」的稱呼，就這麼直接變成台灣話的用詞。自從我出生之後，爺爺雖然勉強接受了母親，但自始至終都反對父親和台灣人的母親結婚。

——為什麼你偏偏就是要跟支那的女人在一起呢？你都忘了你伯父在那裡吃了什麼樣的苦頭嗎？

爺爺的大哥，也就是父親的伯父，在大陸的戰爭中失去了一隻腳。他們雖然對撿回一條命、回到日本的伯父感到開心，但是這分開心卻沒有持續多久。噩夢立即襲來，如同野獸般低吼、眼淚濕了雙頰的大伯父，讓家人無法靠近，也說不上任何話。在姑姑還是小學生的時候，他們的大伯父就過世了，所以別說是我，就連母親也沒見過爺爺口中這位「從支那回來」的人。

——跟日本人沒什麼兩樣啊。

若是看見我穿浴衣便這麼稱讚的爺爺現在還活著，看到我穿上了上海製的旗袍，不知道又會說什麼呢？

我們煩惱了好一陣子，最後添田決定要做一件像年輕時代的宋慶齡——孫文夫人——穿的古典裝飾的上衣，赤池和藤井決定要可以根據不同喜好調整開衩的「長旗袍」，而我則是接受了店家女士的推薦，要做一件能發揮「少女風格」，長度到膝蓋的旗袍。

這位女士拍著胸脯向我們保證，店裡有技術熟練的老裁縫師，只要十天就能完成品質良好的商品。添田在訂製的時候，要求店家把成品寄送回日本去，不過我們三人都希望人還在上海的時候就收到，因此請她寄到上海的宿舍。女士送我們到店鋪的門口，一打開店門，正好有一位氣質高雅的婦女前來詢問。女士告訴這位看似是常客的婦人：「嘎麼儂等一歇（那麼您等一下）。」婦人便問：「Zabennin（日本人）？」並向我們露出優雅的笑容。

「上海人會說上海話，台灣人也會說台灣話吧？」

回程的路上，同學們問我：

「台灣話跟中文完全不一樣嗎？」

我點點頭。就跟上海話一樣，台灣話也跟以北方方言為基礎的中文是完全不同的語言。

「天原妳會說台灣話嗎？」

「也不算是會說啦……」

我對著大家說出幾句台語。

「緊去睏」、「你看」、「袂使（不行）」、「莫按呢（別這樣）」……

雖然我就只會這幾句台灣話，但一起學習中文的同學們卻還是聽得津津有味。

我告訴她們，這些字都是小時候媽媽用來警告我的。藤井便感嘆著：

「真好，在家裡就可以聽到活生生的台灣話啊！」

赤池也深有同感，用中文說著：真讓人羨慕！我做了個鬼臉：

「可是就因為這樣，我就染上了壞習慣啊！」

藤井也開玩笑地回應：

「……天原，既然妳原本就說得不錯，更是應該改掉壞習慣，不然太可惜了……」

「真是的，藤井妳怎麼學陳老師學得這麼像！」

我們一路上打打鬧鬧，添田一邊笑著一邊催促說，哎呀，別讓寺岡跟松村他們等太久了，快點走吧。我突然想到那個字：あいのこ。這也是我所知有限的台灣話裡的其中一個單字啊。

*

正當我在用梳子梳頭髮時，玲玲早就已經做好出門的準備。她拿出一支淡粉色包裝的新口紅問我，要不要用用看？

「這是姊姊公司的產品。不過我覺得妳好像比較適合。」

但是我沒擦過口紅啊。玲玲不顧面露困惑之色的我，一面說著，這就跟有顏色的護唇膏差不多啦，一面急急忙忙地打開淡粉色的包裝。那支口紅看起來好像是很高級的東西，讓我有點退縮，不過我還是在梳妝打扮完成之後，用食指的指腹輕輕地抹了一下。口紅的質地比想像中還要軟，接著我用食指抹在唇上。口紅的顏色接近朱紅色，看起來滿自然的。

「跟我想得一樣！」

玲玲看了我的臉，激動地用中文這麼說。她還誇讚地笑著說：很適合妳！

「美女們來了！」

聽到嘉玲興奮的聲音回過頭來的舜哉，不知道是不是因為我們背後的陽光太刺眼了，竟然瞇起眼睛。玲玲拍著舜哉的背，用中文說：了不起，你沒有睡過頭了！舜哉以爽朗的語氣回道：當然！我對上了舜哉的眼神，因此向他點頭示意，沒想到他卻光明正大地說：我好想咪咪喔！

當我們抵達文廟後，到處都是陳列著各種書刊的舊書店小鋪子，我不禁感到非常雀躍。這種興奮感跟中學時代到父親的研究室時所感受到的情緒十分類似。父親開心地告訴我：

——妳可以自由挑選有興趣的書。

「如果我可以讀懂中文，那選項就更多了，因為爸爸的書架上有很多中文的書。」

現在想想，或許那次的經驗也是我想要學習中文的原因之一吧。

「我懂那種感覺。看到不懂的語言印成的書，真的有種既興奮又期待的感覺。大概是自己把它披上了謎樣的色彩，所以格外這麼覺得吧。」

「可是咪咪妳現在應該已經多少看得懂了吧？」

突然有人這麼說，讓我瞬間喪失了自信。我苦笑道：我也不知道啊。啊，有擺出繪本的店，玲玲指著。如果是繪本或童書，說不定我可以看得懂呢。我一邊這麼想，一邊和舜哉與玲玲一同走近那間店。看到腳邊的木箱，我不禁脫口而出：

「我知道這個系列！小學時班上的書櫃裡有這個，我好喜歡！」

木箱裡放了好幾本中文版的《丁丁歷險記》，作者是漫畫家艾爾吉。說到艾爾吉……舜哉這麼說著，在我的身旁蹲了下來，並且一本一本翻著木箱裡成捆的繪本。

「我找到了！」

他笑著用中文說，並且把手中的書拿給我們看，封面寫著《藍蓮花》。封面以紅色為背景，畫著黑色的龍、中華風的燈籠，主角丁丁和小狗夥伴白雪，從一個大花瓶裡露出上半身。

「中文版的《藍蓮花》！」

「我記得！這是我最喜歡的一本。主角的名字日文發音雖然是タンタン（Tantan），但其實中文翻譯的發音是丁丁。」

「原作是法語的，我記得主角的名字是Tintin吧？」

我和舜哉討論得熱烈，玲玲也在我們身邊蹲了下來，喃喃地說：啊，是繪本啊。我有看過這個的周邊商品，可是實在沒興趣啊。舜哉則是直盯著那本《藍蓮花》，說著：這本書我不知道看幾遍了。

「不知道為什麼，這本書給我一種既懷念又開心的感覺，還會讓我不斷地想像奶奶嘴裡說的那個爺爺的上海時代……」

我很了解舜哉的心情。每當看到艾爾吉筆下既華麗又帶有中華風的繪圖，我都會有股很懷念的感覺。有蓮花圖案的裝飾品、寫著「吉慶」、「福壽」、「如意」字樣的掛畫卷軸，都讓我覺得跟台灣很相似，但是故事的背景在上海。玲玲說：我也有點想看看這本書。於是我們又在木箱子裡找了找，卻只有這一本《藍蓮花》。有點年紀的店老闆一直很在意我們的一舉一動，於是舜哉用中文問他：「不好意思，」並指了指我手邊的這本書，「請問這本書還有嗎？」老闆推了推眼鏡，並看了看我們面前的那個木箱。玲玲用中文告訴他，我們已經找過了，可是沒有。老闆眨了眨眼說：抱歉啊，如果那裡沒有的話，就是賣完了。舜哉困擾地聳聳肩，我們互看了一眼。我說，那玲玲妳買吧，我等下次有的話再說。但是玲玲卻也激動地說，這怎麼行，這是有著妳的回憶的一本書啊。我苦笑，說什麼回憶啦，又不是什麼大不了的事。舜哉在這時卻機伶地問老闆：你知道還有哪裡買得到嗎？

「恕我直言，這系列的書雖然很熱門，但卻沒什麼貴重的價值，到處都買得到，要是你們去了上海書城，馬上就能找到。」

真的嗎？玲玲開心地說著並站起身來。上海書城離這裡近不近？老闆點點頭。

於是就決定讓我買下這本《藍蓮花》。正當我要從錢包裡拿錢出來時，卻被舜哉制止了。他先向老闆說了句：「讓人看到我們這麼想要的樣子，實在沒什麼勇氣殺價，」接著又拜託：「所以就算只能殺一點點也好，不知道能不能算便宜一點呢？」老闆推了推眼鏡說，好吧好吧，那就把尾數去掉。因為比標籤價便宜了四塊人民幣——大約六十元日幣——我們三個人興奮得不得了，每個人嘴上都說著：謝謝老闆！老闆的臉上也跟著綻放笑容：

「你們普通話說得挺好！」

從我手上接過紙鈔，重新戴上眼鏡的老闆一副佩服的樣子說著：

「日本觀光客裡，很少像你們普通話說得這麼好的。」

在那清晰的嗓音當中，我卻升起一股尷尬的感覺。不過玲玲不為所動。舜哉開玩笑地說，我們是ㄐㄧㄚˇㄖˋㄅㄣˇㄖㄣˊ啦。你說什麼？老闆問他。

「謝謝老闆，我們三個都是很認真的留學生。」

他用誇張的語氣改口這麼說。玲玲在一旁對我說悄悄話：還真敢講！

假日本人。

舜哉又再度說出了一個不可思議的用詞。我突然覺得有點感動，玲玲卻在一旁說：

「那我們一個小時後在這裡集合喔。」

留下這句話之後，玲玲就因為「好事要快做」，到上海書城去了。真是靠著衝勁活著的人啊，舜哉苦笑。我也舉手贊成。我們兩個人決定要分頭行動。

「小心不要因為一些不值錢的東西被騙錢啦……」

不過到頭來，舜哉的忠告並不管用。在人山人海的古書市場裡，我一個人逛了起來。一本雜誌突然映入眼簾：

行發總司公書圖華中新海上

看到「華中」兩個字時，我才察覺這段文字應該反過來念才對。我停下腳步。雖然被封面那位女性妖豔的微笑吸引，也是其中一個原因，但是雜誌封面上那躍動的繁體字——與日本的古字體非常接近——卻讓我無法移開視線。那些文字正是台灣所使用的中文字啊。小時候，每當我發現有中文字的時候，看到的都是這些繁體字。雖然我不會念，但卻知道那些都是來自媽媽國家的文字。在這個無論是課本或街上，都充滿了簡略過後的漢字——簡體字——的上海街頭，我竟然發現印在舊雜誌封面上的繁體字，這讓我無比興奮。「一九三三」，這本雜誌的發行比我出生還要早了四十七年。那時候的上海也到處都是繁體字啊。雖然最後我還是付給了老闆跟雜誌標籤上一樣的價錢，但臉上卻露出了藏不住的笑意，心裡充滿「獲得了一樣好東西」的滿足感。這時候舜哉從對面走了過來，他腋下也夾著幾本書。我得意地秀出我的收穫，把那本雜誌拿給他看，他「喔喔」的讚嘆，用中文說：

「如果是真的話，大概要花幾十萬！」

「唔？」

「我也挺喜歡民國時代雜誌的再版，不過我沒有找到這個。」

再版啊。這麼說也的確，如果說是將近半世紀之前的東西，保存狀態也太好了一點。

「妳買到了一個好東西呢，咪咪！」

不知道他這麼說是真心的，還是在開我玩笑，因此我猶豫著不知該做出什麼反應。這時候背後傳來一句中文：「好不容易找到你們了！」舜哉問，買到《藍蓮花》了嗎？玲玲卻乾脆又爽快地回答，到處都說他們賣完了，

「不過沒關係，大概本來就沒緣分吧，不然我小時候早就看過這本書啦。」

我和舜哉不禁對看了一眼。哎呀，不說這個了，我肚子餓扁了！玲玲的語氣非常爽朗。

我們走進文廟附近的一間餐廳。雖然正值午餐時間，很幸運剛好有一張四人座的桌子還空著。一坐定位，舜哉便開朗地用中文宣稱：今天我請客！玲玲也不客氣地回應：好，承蒙你的好意！

玲玲大概是肚子太餓了，指著菜單不停地提出想吃的東西。東坡肉、炒

蠶豆、白斬雞……舜哉問道：咪咪，妳呢？菜單上羅列的簡體字裡，我找到唯一比較熟悉的一道菜，說：玉米湯好了。以我的中文程度，幾乎完全無法理解用中文寫的料理名稱。玲玲稱讚道：玉米湯，太好了！舜哉做代表，把我們的意見統合起來一併向店員點了菜。我一面佩服著他毫不遲疑的中文，一面又覺得能跟他們兩個中文說得這麼流暢的人一起，真是滿輕鬆的。和漢語學院的同學一起外出時，尤其是剛開始的頭幾天，我總是會被推出來說中文。雖然松村很積極地與當地人對話，赤池的好奇心也很旺盛，寺岡更是因為好吃，最近使用中文的機會也跟著增加不少。但是留學生活的初期，我感覺到大家都很依賴我，因此也覺責任重大。小時候是沒有什麼責任感的，小學時期在遠足的巴士裡或是同樂會上的表演，我就會像是秀出深藏不露的特技一樣，表演說中文。

——ㄋㄧˇ ㄏㄠˇ，ㄨㄛˇ ㄙˋ ㄊㄧㄢ ㄩㄢˊ ㄑㄧㄣˊ ㄗˇ。

光是這樣說，就能引來一陣歡聲。因為其他人都不會說中文，所以我稍微這麼說，就好像變成一個小巨星。

「妳小時候有沒有人叫妳『說幾句中文來聽聽』？」

「『說幾句中文來聽聽』啊……」

玲玲皺起眉頭：

「嗯，確實有人這麼說過呢，真是沒禮貌。那些人明明只會說日文，為什麼還叫我說中文呢？我又不是什麼雜耍藝人。」

這番意見和主動表演雜耍的我完全不同，這出乎意料的反應，讓我不禁遲疑。這時候，

「Go・Karei（ご・かれい），說幾句中文來聽聽啊！」

舜哉故意慫恿她。才不要，她拒絕。啊，其實妳根本不會說，對吧！舜哉裝出小學生一樣的語氣調侃著，於是玲玲露出苦笑，瞪了舜哉一眼：

「黃帝唐虞夏商周、春秋戰國、秦漢、魏晉南北朝、隋唐五代十國、宋元明清、中華民國。」

她一口氣念了出來，我不知所以然地愣住了。不知是不是心理作用，感覺最後有聽到中華民國這四個字。「再一次、再一次！」舜哉又接著煽動她。

於是玲玲再說了一遍，黃帝唐虞夏商周……說得比第一次緩慢。

「這是中國的歷代王朝。」

舜哉揭開謎底，我這才理解剛才那一串謎樣的句子是什麼意思。

「對。每次有人要我說中文，我就會說這一段。然後大家都會當場愣住，甚至還有人說真是太酷了。」

真是這樣沒錯啊，跟我的「ㄋㄧˇ ㄏㄠˇ，ㄨㄛˇ ㄙˋ ㄊㄧㄢ ㄩㄢˊ ㄑㄧㄣˊ ㄗˇ」簡直不可同日而語啊。玲玲的語氣也和剛才完全不同，甚至透露出一絲得意。

「爸爸說，這是他小時候在學校背過的東西，因為我覺得很酷，就跟著背了起來。」

再度察覺到自己與玲玲的差距，讓我的心情變得很複雜。儘管如此，我還是擠出了一句：好厲害！並尋求舜哉的同意。然而舜哉竟然也開始黃帝、唐虞、夏、商、周、春秋戰國、秦、漢、魏晉南北朝、隋唐五代十國、宋、元、明、清、中華民國……在最後，他還停了一下才說出中華民國，誇張地結束這一串朝代。

「什麼嘛，沒想到你也會背。」
「我爸媽上的學校是中華民國體系的學校啊。小時候我不想輸給哥哥，所以也背了起來。不過已經好幾年沒有真的用嘴巴說出來了。」
蔣介石將國民黨的臨時政府遷移到台北，在獨裁政權之下，彷彿是要把「我們才是唯一正統『中國』繼承人」的觀念，隨著歷代王朝的名稱，一起灌輸給國民——台灣人。之所以會結束於「中華民國」，是因為他並不承認政敵毛澤東所率領的共產黨建立的「中華人民共和國」。
「所以咪咪妳媽媽一定也會說這一段喔。」
我露出虛弱的笑容。在我的記憶裡，從來不記得母親背過這麼一段朝代名。就算有，我也完全背不起來。我深深地又再度感受到自己和兩人實力的差距。這個時候，第一道料理上菜了，是香腸。接著，其他的服務生也端上冒著熱氣的料理。
「緊來，呷飯！你是毋是腹肚枵（你是不是肚子餓）？」
聽到舜哉這麼說，這下子換玲玲愣住了。我噗哧地笑了出來。

「呷飯！」

我一邊這麼說，一邊往旁邊看，舜哉也憋著笑。只有玲玲一個人不懂是什麼意思，因此不滿地嘟著嘴，握著筷子夾起香腸。或許玲玲的爸爸不太說台灣話吧。他不會把「快來吃飯吧」說成「緊來呷飯」，也不會像我的媽媽一樣，在問「你是不是肚子餓」時，說「你是毋是腹肚枵」。

——我的爺爺是台灣出生的。

我吃著熱騰騰的炒香菇，偷偷看向舜哉，沒想到卻對上了他的視線，他對我露出微笑。我不著痕跡地移開視線，並笑著對玲玲說，好好吃喔！

我們吃得肚子飽飽的，便去「大世界」裡的遊樂園玩。據說戰前這裡被稱作「魔窟」呢，舜哉裝模作樣地笑著，並付了三人份的入場費。雖然說是遊樂園，但從入口處一進去後就是挑高的中庭，擺放了幾台小規模的機器，讓人聯想到百貨公司的頂樓庭園。那些遊戲設施別說是觀光客了，就連當地的居民似乎也都沒什麼興趣，整個遊樂園冷冷清清。不過這樣正好，可以讓我們體會一下彷彿是包下整個場地的感覺。玲玲向舜哉提出挑戰，要跟他比射箭。付了幾塊錢給冷淡的工作人員後，他們各自拿起玩具的弓箭來。雖然獎品都是些鼻子快要掉下來的熊貓玩偶、圖案奇特的T恤等等不太吸引人的東西，但是玲玲卻相當認真。舜哉或許心態比較輕鬆吧。一開始玲玲占上風，不過舜哉也不輸給她。

正當我的朋友們一決勝負之際，我想起了「行發總司公書圖華中新海上」的繁體字。當那本雜誌（非再版）發行的時候，這裡還是「魔窟」呢。不只如此，當時的整個上海都被稱為「魔都」。我抬頭仰望挑高的屋頂，看見了一條拖著長長尾巴的飛機雲。最後，吳嘉玲和龍舜哉的射擊比賽打成平手。不過一心想要獲勝的玲玲看起來很不服氣。咪咪也來玩嘛！舜哉這麼邀我，但我卻笑著拒絕了。他們兩人為我贏得了鼻子快掉下來的熊貓玩偶。

那天裡，我們的嘴裡都不斷念著Dasuga、Dasuga。那是「大世界」的上海話。嘴像念咒語一樣念著前一刻還是完全陌生的發音，真是件有趣的事。或許除了我之外，另外兩個人也是這麼覺得吧。

*

等待之人終將到來。

在電腦教室一隅，我打著鍵盤的手指輕快。有一則新收到的訊息。

——收到妳寫給我的信越過天空飛來，我非常開心。衷心希望妳的「旅途」成功。加油！永遠支持妳。彗。

不消幾秒鐘就讀完的簡短訊息，讓我有點失望。不過我仍然花了三十秒左右細細品味著這篇短短的文字。每一句話都充滿著彗的氣息。在關上電腦前，我用印表機把訊息列印出來。不知道是不是墨水快用完了，最後一行文字有點模糊不清，沒辦法啊。我把列印出來的紙夾在筆記本裡，收進書包。一踏出電腦教室，午後的日光從窗戶透進來，照得走廊一片明亮。

留學生活總共一個月，今天正是這段期間的中間點。我不想直接回房間，因此循著夏日日光的腳步向前邁進。走了十幾分鐘後，我在曾經與舜哉並肩坐著的長椅上坐了下來。眼前的這片池塘和往常一樣，有鯉魚也有烏龜。我從書包裡拿出剛才列印出來的那張彗寫的「信」。

「永遠支持妳。彗」

高二的時候我和彗是同班同學，開始交往後，我經常會寫一些既像信又像日記的文章給他，不過卻很少收到回信。漸漸過一段時間後，我會把整本筆記本都交給他。朋友們嘲笑他是在和我「交換日記」時，他總是不禁喜形於色。但是當他把筆記本還我時，總是只回兩、三行字而已。他還會一面找藉口說自己不是很喜歡寫東西。彗在筆記本的空白處寫下了「彗　琴」。他拍拍我的肩膀，在我回過頭時，指著筆記本說：妳看，

——我的「彗」跟妳的「琴」，就好像異卵雙胞胎一樣！

異卵雙胞胎。我被他的這種想法給逗笑了。看著他寫的「彗　琴」，我便想多了解他。我好想念彗無憂無慮的笑臉。當我告訴彗，我的媽媽是台灣人，他也是滿臉笑容。你不驚訝嗎？我問他。他露出害羞的神情回答，其實我早就知道了，隔壁班的女同學告訴我的。我對那個女同學的名字有印象，但花了點時間才想起來，她是我小學低年級時，去上過幾堂課的書法教室的

同學。沒想到她和我上同一間高中啊。彗從這位女同學口中得知我的媽媽不是日本人之後，一回家便拿出地圖拚命尋找台灣的位置。

連台灣的正確位置在哪裡都不清楚的彗，和出生於台灣的我，就這麼在同一所高中相遇了。如果我在台灣長大的話，別說是和彗交往了，或許連認識都不可能吧……還是說，我們有可能像我的父母一樣，其中一個人學了另一個人的母語，儘管繞了一大圈，最終還是會認識彼此呢？

父親十分著迷學習中文，並且和台灣人的母親相遇了。而從他們兩人之間誕生的我，現在正身處於母親一生都沒有來過的上海，為了學習母親的母語、讓父親著迷的中文而來。

但是突然間我的心裡卻蒙上了一層陰影。

（壞習慣）

今天在練習「傘（ㄙㄢˇ）」的發音時，我發成了ㄕㄢˇ，陳老師嘆了口氣：

——天原同學，不是每個字都只要捲舌就好了。

於是我就如同往常一樣，畏畏縮縮地回答：**是**。

在留學生活裡，幾乎沒見過陳老師的笑臉。當清水激情地說著：「只要學了中文，可以溝通的人就會增加十三億，這麼一來認識美女的機率也會大大提升」時，大家都笑了，但是陳老師的表情卻仍然很僵硬……老師跟我這種庸俗之人不一樣啦，事後清水自嘲地這麼說。

日語系的中國學生也異口同聲地說：「陳老師是非常認真的人，而且很嚴格。」除了教我們這些留學生中文之外，他還負責中文教師養成的課程。就是出席這個課程的日語系學生告訴我們的：

——陳老師總是告訴我們，語言教師的使命，就是傳授正確的語言。

撲通一聲。在池塘邊緣爬著的烏龜，大概是因為天氣太熱了，就這麼跳進了水裡。我也差不多該回房間去預習和複習了。後天就要輪到我負責課前的演講，陳老師一定會特別注意聽我的中文發音。我想要甩掉一身緊張感，於是搖了搖頭，卻感覺到一道目光。我轉過頭去，和一位不知道什麼時候開始就站在那裡的男性對上了眼。不知道他是不是想要坐這張長椅？於是我站起身來，用中文說：「我正想離開……」

「這些是日語對嗎？」

他用直率的中文這麼問我。這位男性的眼神專注地看著我剛才從電腦教室列印下來的文字。我回答：是。於是他便看向我：

「妳是日本人嗎？」

對於這個問題，我既無法肯定也無法否定，只能露出曖昧的笑容。男性的表情溫和了起來：

「留學生？」

這麼一來我立刻就能回答：

「是。」

可以馬上從「是」與「不是」擇一回答的問句，是多麼的輕鬆啊。我示意他請坐，我正想離開。男性點了點頭，悠然地在我剛才的位子坐了下來。正當我點點頭準備離開，他卻叫住我：請等一下。我這時才注意到這位男性手提了一個長型的大皮箱。他告訴我：我為妳演奏日本的歌曲吧。箱子裡裝的是一把二胡。這出乎意料的發展讓我有點慌張，但這位男性不等我回答，就拿起二胡擺好了架式。柔和的音色緩緩地如波浪拍打著。那些音符沒有任何意義，就只是一些聲音。音樂持續了一段時間之後，停了下來，接著出現了我熟悉的旋律。

曾幾何時，舅舅也唱過這首歌。

那是過年的時候，外公外婆和舅舅阿姨、我們一家團聚一堂。家族幾乎全員到齊。舅舅為了雙親和兄弟姊妹親戚們，預約了餐廳的包廂，大夥兒圍著圓桌，品嘗一道道上桌的菜餚。因為場地本來就是為了舉辦宴會而設計的，所以還備有卡拉OK的設備。喜歡卡拉OK的舅舅唱了好幾首中文歌之後，向大家宣稱：我也會唱日文歌。每招待日本客戶一次，我會的日文歌就增加了一首。舅舅這麼誇下海口，露了一手顫音的技巧唱完了日文歌，外公突然大吼一聲：

——哪來這麼不三不四的日文！

大家都笑了，舅舅刻意誇張地聳聳肩：

——爸爸你太嚴格了。我每次這樣唱，日本人都稱讚我呢！對不對，天原！

夾在戰前台灣學了一口幾乎完美日文的岳父，以及成長於戰後台灣、完全不會說日文的舅舅之間，家族中唯一身為日本人的爸爸露出困擾的笑容。

上海夏天的風吹拂著，我聽著過去舅舅曾經唱過的那首日本歌，用二胡的音色演奏出來。

演奏結束了，我鼓掌，這位男性的笑容綻放開來。在他問我「妳覺得怎麼樣」之前，我便說：「我太開心了。」我老實地告訴他，能在這種地方聽到日本歌曲，真是很特別的經驗。他露出得意的表情後，端詳了我一番，稱讚著：妳的中文說得真好啊。而我就像是被賦予了必須告白的義務一樣：

「我的爸爸是日本人，但是……」

當我說完我的媽媽是台灣人之後，男性非常直率地回答：

「哎呀，那妳不該說自己是日本人吧！」

而我再度對他露出笑容。

那一天夜裡，隨著日本歌曲的餘韻，我一直深陷在那位男性無心說出的那句中文的漩渦裡。

如果妳媽媽不是日本人，那妳就不該說自己是日本人。就算爸爸是日本人，如果媽媽不是的話，妳就不算是日本人……

（那我究竟算是什麼呢？）

我試著在筆記本裡寫下這句中文：「我的二分之一不是日本人」。我有一半不是日本人。還有其他的說法嗎？於是我也寫下這句：「我是不完全的日本人」。我不是完整的日本人。突然我想起「假日本人」這個詞。

——我們都是假的日本人。

舜哉說這句話時，語氣完全不帶一絲感嘆，反而可以說是帶著一絲驕傲。舜哉說得抬頭挺胸、光明正大。玲玲大概一半一半吧。接著，我突然想到現在不是想這些事的時候啊，得認真念書了。畢竟我落後他們兩個人太多了。我把筆記本推向一旁，翻開課本，看到最後面的詞彙表。安靜（ān jìng）、本子（běn zǐ）、襯衣（chèn yī）、地圖（dì tú）……我一面探索著這些拼音，一面無意識地在腦子裡播放著媽媽的聲音。一想到媽媽的聲音，我就覺得自己認識這些中文字。一瞬間，我突然覺得重播著「媽媽的聲音」的自己，正在做的是一件很狡猾的事。因為其他人都無法依賴記憶中媽媽的聲音去學習中文啊，大家都是一張白紙的狀態。

——這孩子的中文比我還像台灣人呢。

爸爸說的中文裡，有著其他我所認識的人——舅舅、阿姨和表姊們——所沒有的「日語的影響」。儘管如此，我知道有不少台灣人都曾經這麼稱讚過爸爸：

「您的國語說得非常好呀！」

但我記得，爸爸總是會拍著我的頭回答：

「不過，還是比不上媽媽是台灣人的這孩子。」

但這已經是過去的事了。

——妳的普通話怎麼只有這種程度？

我偷偷看向一旁，玲玲也正轉頭看向我。我們視線一對上，她便露出笑容：

「好像可以認識一個很厲害的人喔！」

她興沖沖地告訴我，可以跟一位有名的中日同步口譯吃飯，他是「發音矯正講座」老師的朋友。

「他是在第一線活躍的人呢！現在剛好人在上海。老師跟他說我是樋口景子的女兒，他很開心地說自己曾經和樋口共事過好多次。可是那個人只有明天下午有空，所以妳就去這樣告訴大家吧。」

我們原本計畫好明天下午要去胡同學的家舉辦「包餃子大會」的。因為赤池、藤井和男同學清水、松村也都說要盡量多找些人來參加，所以我也邀了玲玲。自從去年春季入學以來，漢語學院的同學們都對中文能力非常突出的玲玲另眼相待。而玲玲也彷彿理所當然地接受了這種待遇。

——我跟大家不一樣。

而我總是站在其他同學和玲玲的中間。當我跟她說「有包餃子大會喔」，邀請她一起去，她不以為意地回答：「再看看吧，到時候如果想去的話我就會去。」正當我說著：這樣啊，可是大家一定會……的時候，她便開玩笑地搶著說：會很失望，對吧。唉，真是覺得玲玲有那麼一點點可憎啊。

*

水餃煮好了，而且一口氣八十個，真是有魄力。明明只是用滾水燙過而已，餃子皮就散發出好吃的味道，讓人食慾大開。日語系的學生們不停說著：請用請用，別客氣！我們便開開心心地拿著碗去盛。

「舌頭都要化了！」

寺岡興奮地用中文叫著。藤井也驚嘆著，真是第一次吃到這麼好吃的餃子。不顧我們的感動，范同學在一旁對李同學說：「這個菜老清淡額。」李同學也用我們不理解的語言回答范同學。赤池覺得很有趣，便用中文問道：「你們現在說的就是上海話嗎？」胡同學則用日文回答：是的。赤池繼續問：胡同學你也會說嗎？胡同學卻這麼回答：「只會講一眼眼。」聽到這句話的范同學和李同學便開玩笑地稱讚胡同學：「儂上海話講得老好額！」聽得我們一頭霧水。

「『只會講一眼眼』，就是只會說一點點的意思。『儂上海話講得老好額』是在稱讚我上海話說得很好。沒錯吧？」

胡同學仔細解釋給我們聽之後，看向兩位是上海人的同學，范同學和李同學點點頭、露出開心的表情。

「對，你的上海話真是進步不少。去年你聽到 Zanhe-e- 都不知道是什麼意思呢。」

赤池跟著默念一遍：Zanhe-e-，接著似乎領會過來，說：就是上海啊！

松村也嘀嘀咕咕地說：跟廣東話完全不一樣。清水用逗趣又沒轍的語氣說：

「我們完～全聽不懂上海話！」

「我也完～全聽不懂！」

胡同學模仿清水的語氣這麼說，讓大家都笑了。

「真是抱歉，對我們來說，與其說中文，不如說上海話比較輕鬆。」

生長於上海的范同學和李同學一邊這麼說，一邊透露出幾分得意的神色。我不禁想，如果說上海話比較輕鬆，那麼普通話對他們而言，說不定也算是一種外語呢。換句話說，對范同學和李同學來說，普通話就是一種要和像胡同學這種不會說上海話的中國人溝通時，必須使用的語言。儘管如此，身為中國人的范同學他們所說出來的「中國語（ちゅうごくご）」這個日文單字的發音，有種很新鮮的感覺。「天原，這些水餃妳覺得好吃嗎？」李同學開口和我說話，我這才回過神來。我特別注意不要把「ㄔ」發成「ㄘ」，笑著回答中國的朋友們：非常好吃！

離開胡同學的公寓回到大學宿舍時，夜已經深了。當我正要轉動鑰匙時，門竟然就開了。一瞬間，我以為是自己出門時忘了鎖門。玲玲出門前說了，今天可能會晚一點才回來的。玲玲，妳回來了嗎？我出聲這麼問，卻沒有人回應。我環顧了一下房間，她的手提包隨手放在書桌上，一旁有匆忙脫下的凌亂洋裝。至於她本人，則只穿著一件細肩帶小背心和短褲，幾乎衣不蔽體地趴倒在床上。我有點擔心，正猶豫著該不該開口向她說話時，她卻用沙啞的聲音說：妳回來啦？我稍微放下心來對她說：

「玲玲，妳怎麼啦？只穿這樣睡覺會感冒喔！」

把臉壓在枕頭上的玲玲先是搖了搖頭，然後垂頭喪氣地坐起身來，她的睫毛膏都糊成一片，弄得眼睛下方都黑黑的。

「妳身體不舒服嗎？」

這麼一來，玲玲才終於露出笑容。

「如果在內戰時被毛澤東打敗的蔣介石沒有逃到台灣，現在的台灣人應該就不會說中文了吧？」

看我愣在那裡，玲玲接著說：

「因為台灣人原本是不說中文的啊。是蔣介石命令台灣人都要說中文的，所以我爸爸和咪咪的媽媽才會說中文啊。」

「……」

「不過要是蔣介石打敗了毛澤東，說不定台灣人就不會說什麼中文了。這麼一來，爸爸他們說的就會是不同的語言，我大概也不會說中文，而是跟著爸爸說他會的那種語言，那我現在就不會來上海，甚至去中國的任何地方了。」

玲玲究竟在說些什麼啊？這番話來得未免也太突然、太唐突了，讓我一時之間無法理解，只能茫然地盯著她的臉看。

「啊，妳今天有認真在聽！」

「什麼？」

「因為妳有的時候都在放空嘛！」

玲玲嘿嘿地笑著繼續說：

「妳以為不會被發現嗎？雖然妳有時候裝作很認真在聽的樣子，可是其實是在想別的事情，一看妳的表情就知道了。」

「這……」

這我心裡有數。我想這算得上是我從小到大的壞習慣吧，也曾經被彗指出來過。儘管我像是被抓到小辮子般驚慌失措，玲玲卻一副滿不在乎的樣子繼續說著：

「有一段時間，我非常非常討厭中文。因為我發現在家裡不說日文，並不尋常。我問媽媽，為什麼只有我們家不一樣，她說因為這是爸爸的語言啊。爸爸的日文也不太好，就算我用日文抱怨，他也只能用中文說：妳用國語再說一次。這種家庭真是太奇怪了。為什麼爸爸不是日本人嘛？我也想要有個跟別人一樣的普通爸爸。」

她越說越激動，聲音越來越高昂：

「但是有一次，有一個人跟我說：這傢伙的爸爸是外國人！突然讓我覺得很火大……」

我發覺玲玲淚眼婆娑。

——這傢伙的爸爸是外國人！

一個小孩子因為吵不過好勝心強又能說善道的玲玲，不甘心之下氣沖沖地說出這句話來。一瞬間，有股強烈到連玲玲自己都感到驚訝的力量，從她的身體裡湧了上來。

——我的爸爸才不是外國人！是台灣人！

教室裡一片靜默，玲玲重複說了兩次。

——你聽到了嗎？記住，我的爸爸是台灣人，不是什麼外國人！不是什麼外國人。

當我正想像著玲玲那時大吼大叫的樣子，一個聲音突然從我的記憶裡甦醒了過來。

——妳媽媽是外國人吧？

這件事發生在我小學二年級的時候。書法教室下課後，有兩個女孩子埋伏在我回家的路上。雖然我知道她們是誰，可是卻不知道她們的名字。對著一臉困惑的我，其中一個小女生問：天原妳媽媽是外國人吧？我沒說話，她便繼續追問：是什麼人？我不知該怎麼辦才好，只能保持沉默。

——妳幹嘛裝模作樣的，快點告訴我們啦！

她的聲音越加急迫地說。我低聲地回答：台灣人啦。想要快步離開現場。

——台灣？不要騙人了，我根本沒聽過這個國家。

真的啦！我一邊這麼說著，聲音忍不住顫抖了起來。看見我淚眼汪汪的模樣，一個女孩子用嫌棄的語氣說：哎呀，她哭了啦。另一個女生則說：算了！然後推了我一把。我雖然身子搖搖晃晃的，卻鬆了一口氣，便趕緊離開。好多年後，推我的那個女生這麼告訴彗：

——天原她不是純日本人喔。

「那又怎麼樣？」如果是玲玲的話，一定會這麼說吧。為什麼我們要被別人這麼說呢？那股不甘心的情緒，至今仍讓我感到疼痛。當別人逼問她是什麼人的時候，她一定會這麼回答，然後挺起胸膛、掉頭就走吧。玲玲一定會這麼做的……雙親是日本人和台灣人，從小在日本長大，現在正在學習中文。到了上海之後，我經常不斷地思考著：如果我是玲玲的話，我會是什麼樣子呢？雖然我和玲玲有著同樣的境遇，但玲玲卻比我過得要順遂多了。至少我是這麼認為的。然而現在看到玲玲紅著眼眶，用沙啞的聲音尋求我的同意：

「咪咪，我的爸爸和妳的媽媽是台灣人，對不對？」

……至少不是什麼外國人。我拿起玲玲的手握著，對她點點頭。

「玲玲，發生了什麼事？」

這時候我的朋友才終於開始娓娓道來今天發生的事。她和一位男性起了爭執，那位男性一開始就對玲玲不是純日本人這件事感到很不滿意。玲玲對自己的爸爸「是台灣人，不是中國人」這點也不肯讓步，這位男性便輕蔑地冷笑：

「……那妳爸爸為什麼要說中國話？如果是台灣人的話，說台灣話就好啦。可是妳看看現實狀況，說著一口南方腔調的中國話就算了，妳爸爸那些人還一股腦地全跑回中國賺得口袋滿滿的不是嗎？」

玲玲如同小孩子說著「不要不要」般搖了搖頭：

「他說我就算了，可是他這麼瞧不起我爸爸，讓我無法原諒。」

我伸手抱住玲玲洩氣的肩膀，她撲簌簌流下大顆的眼淚。總之妳爸爸就是中國人。不要說台灣了，現在根本就沒有一個國家叫作中華民國。這是無可爭辯的真理。

——這是無可爭辯的真理！

玲玲一面叫著，一面重現那個場景。我輕撫著玲玲哭得抽搐的後背。

——妳的父親是中國人。

這句中文讓玲玲如此地動搖。就像過去別人對她說的那句日文「這傢伙的爸爸是外國人」一樣。

「……對不起。」

玲玲坐起身子。妳還好嗎？我這麼問，自己的聲音也是沙啞的。我想說點安慰玲玲的話語，卻不知道該說什麼才好。這樣的自己讓我焦躁不安、悶悶不樂。但是玲玲卻接著說：

「我不想讓別人看到我現在這個樣子。」

「唔？」

「太丟臉，而且太不甘心了。但如果是妳的話，我就可以敞開心房。」

「……」

她用指尖抹了抹妝容已經糊成一團的臉：

「我真慶幸自己是跟妳一起來上海的。」

玲玲又恢復平常天不怕地不怕的模樣。我被她的模樣給逗笑了。她看著我，突然說：是不是該去見見爸爸了呢？

「來到上海之後，我一直在想這件事。不知道待在中國的台灣人，是什麼樣的心情呢？深圳的姊姊和姊夫曾跟我說，就和待在國外是一樣的感覺。可是對爸爸來說，身邊也有真的語言完全不通的日本人啊。不知道他的感覺怎麼樣呢？我決定了，週末要去北京。我要去和爸爸聊聊。」

我這才想到玲玲的爸爸現在人在北京。玲玲曾經告訴過我，

——因為語言相通，所以對台商而言，中國是比較容易打入的市場。

雖然不是「普通話」，但是「國語」也是中文的一種啊。我想起范同學說的：「對我們來說，比起說中文，還是說上海話比較輕鬆自在。」如果對說上海話的上海人而言，普通話既像是一種外語又像是一種母語，那麼對說國語的台灣人來說，普通話在某種程度上是不是也算是「既像是一種外語又像是一種母語」的語言呢？……重新振作精神的玲玲跑去淋浴了。在這期間，我一直無法停止思考這個問題。

——如果蔣介石打敗了毛澤東，那麼台灣人的母語說不定就不是中國話

了。

這真是讓人頭暈目眩。我從來沒想過這種事。台灣人們——媽媽、玲玲的爸爸——的「母語」，竟然有可能不是中國話啊！

*

我有一種不祥的預感。雖然不知道發生了什麼事，但是陳老師看起來心情很不好。在班長松村號令起立之後，就算是道著「老師好」、「同學們好」的期間，陳老師的表情也看起來相當嚴厲。在說了「請坐」讓所有同學就座後，他完全沒和大家閒聊，立刻環顧教室問道：「今天誰演講？」這樣的氣氛讓我格外緊張。我舉手小聲說：「我。」老師便說：「請開始。」同樣完全沒說多餘的話，就催促我開始。我拿著筆記本的雙手有點顫抖。題目是「我‧‧‧‧的中國語」。

我事先特別在該捲舌的地方都標上了記號。

教室裡一片寂靜。透過窗戶，甚至可以聽到操場上體育課的哨子聲響。

「對我來說，日語並不是『媽媽』的語言，寧可說那是『爸爸』的語言。所以我想把日語叫作『父語』……」

「fù yǔ？」

陳老師驚訝的聲音打斷了我的演講。我抬起原本盯著筆記本的臉，看著陳老師。他嘆了一口氣說，沒有這種中文字。

「就算妳的中文說得比別的同學好，但是也不可以開這種玩笑。」

我打從心裡覺得很震驚。因為我完全不是在開玩笑啊。不是的，我是……我的話才說到一半，便被打斷了。

「就算是日文裡面也沒有這麼奇怪的表現方式吧。沒有人會說什麼『父國語』之類的。如果這麼說的話，別人就會認為妳的日文有問題。妳現在說的中文就像這樣，非常奇怪。」

陳老師如此斷言，讓我啞口無言。但陳老師的忠告還不僅於此：

「妳剛才用的單字是『zhōng guó yǔ』，但是我們沒有這種說法。正確的說法是『普通話』。」

這麼一來，讓我像洩了氣的皮球一樣。

「今天的演講已經夠了。下次請認真且努力地使用普通話來做演講。」

我眼角瞥見添田和赤池這些同學們，察覺到他們都對我寄予了體諒與同情。到了下課時間，藤井略帶顧慮的開口：

「陳老師對天原有點太嚴格了。」

寺岡和油川也表示同意。

「老師一定是對妳有所期望，因為妳程度比較好，所以希望妳能夠學正統一點的中文。」

添田這麼安慰我，但是「正統一點的中文」這個說法，卻騷動著我的心。

「嗯，老師對天原的期待很高。而且不光只是天原，陳老師一開始就很熱切地希望大家都能學習正確的中文啊。」

儘管到了晚上，我心裡這股像烏雲一般的陰鬱還是無法放晴。

——會說ㄓ、ㄔ、ㄕ就這麼了不起嗎？

真羨慕玲玲。就是因為對自己的中文缺乏自信，所以才會沒辦法展現強硬的態度，格外地感到不安。因此也盡可能地想讓自己的中文進步，卻在這個過程當中受到挫折。

——要學中文的話，怎麼不來台灣呢？

如果像舅舅或阿姨說的那樣，選擇到台灣去留學，那我的中文是不是就會順利進步呢？

至少應該不會有人說「妳的中文很奇怪」了吧。

——我並沒有在開玩笑。

就連我想要說明，陳老師也不給我機會。

之所以會把中文說成「中國語」，是因為我無法對陳老師說出自己的母語是「國語」。但是我又不想說是「普通話」，因為要是這麼稱呼我自己的母語，這種說法對我來說又有點陌生。而我沒有把日語說成是「母語」而是「父語」，因為對我來說，日語就是父親的語言。應該稱為母語的「我的母親的語言」是中文。但是……

我不會母語，

我只會日語。

但是，我是不完全的日本人。

我寫的字看起來渲染成一片了。陳老師流暢的日語在我腦海迴盪著。

妳很奇怪。

「不是『中國語』」，他這麼說，彷彿我整個人都被否定了。我不禁咬著下唇。咪咪？玲玲呼喚著我。我趴在桌上。妳在哭嗎？她的聲音裡充滿了驚訝。我用手指擦了擦眼角。

「對不起……我也不知道為什麼突然這樣。」

玲玲站起身來，用前一個晚上曾經顫抖的小手輕輕安撫著我的背。這讓我終於忍到了極限說：

「我好羨慕玲玲。妳中文跟日文都說得這麼好。雖然妳跟我一樣都有一半是台灣人，但是我太差了，完全不行……」

彷彿洪水決堤一般，這些話傾洩而出。玲玲只是用手繼續輕撫著我的背。

「真是討厭極了。我明明是來上海、來中國學中文的，但是卻越來越失去自信。我只會說那種奇怪的中文。要是我只是日本人就好了，這樣我就沒有什麼壞習慣了。可是居然說那是『壞習慣』，也太過分了。小時候明明大家都會稱讚我的。要是我現在在台灣就好了……」

玲玲在淚如雨下的我耳邊用中文輕聲說：

「咪咪、哭哭。」

她用日文繼續說：

「我要是一哭，就會挨媽媽的罵。她會說堅強的孩子不許哭，但是爸爸會偷偷地安慰我，他會說：哭哭、玲玲……」

——盡情地哭吧，玲玲。無論再堅強的人，都有想哭泣的時候。

我想像著玲玲爸爸所說的「國語」。那跟「普通話」不一樣，而是跟媽媽對我說的中文是一樣的語言，是台灣人的中文。好，我決定了！玲玲突然站起身來：

「現在我們需要轉換一下心情！」

「唔？」

她咧嘴一笑，拿起電話。不知道她打給誰，嘴裡還一邊喃喃地用中文念著「奸雄識奸雄」，但當時我還不知道這句話是「內行看門道」的意思。她對著電話叫著：「ㄌㄨㄥˊ ㄕㄨㄣˋ ㄗㄞ？」聽到她的聲音，比起龍舜哉這三個漢字，我卻搶先一步想起了總是飄散在舜哉身上的那股香氣。

＊

我把寫著「我要請假一天出去散散心、轉換一下心情。吳嘉玲也和我在一起，請不要擔心。」的紙條塞進添田的門縫裡。一大清早走廊上很冷清，玲玲開玩笑地輕聲說：「畢竟咪咪妳是第一次蹺課嘛！」

再過一個小時，宿舍的大廳就會擠滿忙著去上課的學生。不過現在還空盪盪的，不見什麼人影。

身形高大的警衛向我們打招呼：

「早安！」

還真早啊，是要去做早自習嗎？問得我心慌慌，但是玲玲卻一副理所當然的樣子，一面微笑一面說：是啊，我們很用功呢。她對警衛揮揮手說了聲：「再見！」便抓住我的手腕，爽朗地用日語說道：對啊，我們今天要去課外教學啊。和上一次相同，舜哉在中庭的噴水池旁等著我們。

「奸雄識奸雄。歡迎來到蹺課的世界。」

他還裝出一副正襟危坐的樣子，於是玲玲用手肘頂頂他：

「真是的！」

真不愧是他們兩個，一來一往的應對總是讓人發笑。在那一瞬間，或許不只是我已經預感到這會是特別的一天了吧。

七月下旬天氣晴朗的星期五，要是正常的話，這個時間我應該要在上海的大學教室裡學習「普通話」的，但是我卻和玲玲與舜哉一起，站在水都蘇州的天空下。在我們面前的是建於北宋年間，以東洋斜塔聞名的高塔。

舜哉告訴我們這高塔的名字是虎之丘（とらのおか，tora-no-oka）。玲玲說：明明叫作 hǔ qiū 才對！我回道：不過叫とらのおか，感覺比較可愛呢。舜哉立刻開心地點頭說，不愧是咪咪，真了解。頭上那片天空感覺起來比上海還要澄澈。整個城鎮運河縱橫，因此橋的數量相當多，舜哉這麼為我們說明著。雖然他說自己也是第一次來蘇州，但是卻熟門熟路地為我們介紹。白牆黑瓦構成的建築物讓人印象深刻，我們漫步在被運河環繞的水鄉景致裡，儘管此地距離上海不是太遠，但卻彷彿已是另一個世界。光影閃耀、波光粼粼的水邊，不時有輕舟划過。舜哉停下腳步揮了揮手，我和玲玲也跟著向坐在小船上的乘客們揮揮手。乘客們似乎都是觀光客。

「雖然這裡是觀光景點，可是也有真正的當地居民。」

我看向舜哉手指的方向，燻黑的牆壁前，掛著曬衣架，上面有一整個家族的衣服，還正在滴著水呢。一想到實際上真的有人住在這裡，就覺得有些不可思議。

——中國這麼大，在這片廣大的土地上，就算有像我一樣的中國人，也不奇怪吧……

正如舜哉曾經說過的，中國是很廣大的。只待在上海，也無法理解這整個國家。光是能夠親身感受到這件看似理所當然的事，或許今天蹺課就有價值了吧。

「呵呵，因為這是課外教學嘛！」

玲玲也不同以往，看似非常怡然自得。

——如果是面對咪咪的話，我就可以敞開心房。

對玲玲來說，舜哉肯定也是這種存在吧。玲玲在日語中參雜著中文，對舜哉滔滔不絕地講述前一天晚上發生的那件不愉快的事，看起來就像任性的妹妹在對寬大的哥哥撒嬌一樣。

「氣死了！那個中國人一面冷笑一面這樣對我說：這是無可爭辯的真理！」

……這是無可爭辯的真理。既然如此，又怎麼會演變成爭執呢？為什麼你就是頑固地不承認台灣是個國家呢？玲玲喋喋不休地說著，眼睛裡充滿了生氣。

她的語氣可以說是略帶挑釁的，雖然我早已習以為常，不過看著完全不動聲色的舜哉，他大概也很習慣了吧。

「他大概覺得自己的手臂被砍斷了吧。」

「這什麼意思啊？」

「因為從小就被教導台灣是自己國家的一部分，他們對此毫不懷疑啊。沒想到這下子突然間，有人告訴他台灣跟中國不一樣，所以大概就有一種自己身體的一部分被別人搶走的感覺吧。」

我們走進運河畔的一家茶館。舜哉請我和玲玲吃冰淇淋，他自己則是徐徐地啜飲著啤酒。河的對岸是為了讓觀光客觀賞而改建的明朝風格木造建築。日落之後，街道上大概會被風情無限的紅色燈籠照得一片通明吧。

「這簡直就是莫名其妙啊。只是中國人他們自己一廂情願這麼想而已嘛，台灣人根本不是這樣想的。」

對舜哉的說法提出抗議的玲玲，手上的冰淇淋已經融化了一半。她只顧著說話，忘了手上的冰淇淋。舜哉直截了當地說，那是玲玲妳太不知變通啦。

玲玲嘟起嘴回道，那是什麼意思嘛？

「要是別人指著鼻子說『你就是這樣』，我也絕對會不高興。可是如果要跟他對抗，激動地跳起來說『不對，我才不是這個樣子』，還要對方一定要認同自己，那我又覺得似乎有點太……」

微風吹拂，我們三人頭頂上的紅燈籠隨風搖曳。

「每個人都不一樣，每個人所認為的『正確』可能都是不同的。就連在相似環境下長大的日本人都是如此了，更別說是要穿越國境了。要是一直堅持自己的意見，認為只有自己才是對的，而且互不相讓的話，根本就沒辦法跟任何人變成朋友。這樣不是太寂寞了嗎？」

雖然他的語氣不像是在激辯，但是一字一句都充滿了切身的感受。不知是不是感受到了什麼，玲玲低下頭來，突然間發現到冰淇淋都融化了，於是動起湯匙。舜哉看向我，問道：咪咪妳覺得呢？玲玲也將視線轉向我。我……我一邊用湯匙碰了碰早就空了的盤子：

「舜哉你在說認真的話題時，原來會把關西腔和標準語混在一起啊……」

玲玲和舜哉看向彼此，玲玲苦笑著說：真是的，咪咪妳這個人真是少一根筋耶！

「啊哈哈，對我來說，講這種日語最自然！」

舜哉用中文這麼說，果真是有他的風格。我是不是有點牛頭不對馬嘴呢，我一面覺得有點尷尬，但仍然努力地思考著：

「我也覺得舜哉說的很對，每個人都有不同的想法，有著不一樣的『正確』，所以我覺得這個問題很困難。可是……」

陳老師對著我說「妳的中文很奇怪」的記憶再度浮現心頭，讓我十分動搖不安。儘管同學們好心地安慰我，都是因為陳老師很認真，希望我們學習正確的中文才會這麼熱血。但是對同學們很抱歉，我真的覺得很難受。如果陳老師強迫我接受的正確這麼令人不舒服，那麼我就要表現出屬於我自己的「正確」來。雖然我是這麼想的，但是卻越想越不知如何是好。對我來說「正確的中文」又是什麼呢？我和那些把普通話視為全新的外語去學習的日本人不一樣。但是以中國人口裡說的「說一口南方腔調的台灣人」來看，程度又太差了。

「最近啊，我有一種無論是哪一種中文都很鄙棄我的感覺。乾脆都不要學，反而會比較輕鬆吧。就像小時候那種環境，只要會說一、二、三，大家就拍手稱讚我，然後我還會用中文說：『我會說一點點』。」

我邊這麼說著，突然想到現在自己露出的笑臉，看上去大概很傻氣吧。而實際上，舜哉的表情也顯示出他正在思考著。

——不管是什麼人，咪咪妳就是咪咪啊，妳只要抬頭挺胸說好自己的中文就好了。

或許他又要對我這麼說了吧？但是玲玲卻語氣強硬地凝視著我：這可不行喔！

「只會說一、二、三的話，實在太可惜了啊。中文不是妳媽媽的語言嗎？妳跟其他的孩子不一樣，妳是很特別的，妳跟我一樣，父母是台灣人啊。」

「……」
玲玲過於認真的態度，讓我無法移開視線。
「再說，咪咪妳的中文並沒有自己想像得那麼差啊。其實妳程度很好，雖然跟我比還是差了一點啦……」
這下子我和舜哉都噗哧笑出來。
「玲玲還真老實。」
舜哉這麼說，我也表示同意。
「可是就像玲玲說的一樣，妳會一、二、三，也是因為有台灣人的媽媽，這些字句才會變成妳的血與肉。不管那個嚴格的老師怎麼說，中文早就是妳身體的一部分了。人們都說血脈相承，其實就是一種資產。雖然說是資產，卻不是什麼拿出來炫耀賣弄的東西。總之我想說的是，咪咪妳只要抬頭挺胸、堂堂正正地承認成為妳身體一部分的『中文』就好啦……」
「不錯！龍舜哉，說得好！」
輕輕附和完玲玲的意見後，龍舜哉就以「我接下來的意見可能會和玲玲不太一樣，」作為開場，接著說：

「說老實話，我覺得如果妳無論如何都不想學中文的話，那就不要學也無所謂。又沒有人規定因為是自己媽媽的語言，所以就非學會不可。反正我是不覺得爸爸媽媽有一邊是台灣人或中國人，小孩子就一定要會說中文啦。」

舜哉這麼主張，眼神充滿勇敢與果決。但玲玲似乎無法同意這番意見，而我也能懂她的心情。畢竟玲玲從小在家被禁止說日文，其中的原因沒有別的，就是為了要學好父親的母語——中文。但是舜哉卻略帶戲謔地繼續說著，與其是說給我聽，不如說是給玲玲聽的話：

「妳忘了嗎？我的父母全都是中國人。雖然他們已經歸化，現在都變成日本人了，可要不是這樣的話，我到現在都還是中國人……不對，我的父母都是中華民國國籍的，所以應該算台灣人吧。這樣的話我又會變成什麼呢？那不就變成我明明不是日本人，可是日語卻是我母語的狀態了嗎？」

明明不是日本人，日語卻是母語。我屏著氣息仔細聽著，身旁的玲玲同樣也認真聽著舜哉的這席話。

「正因為有這些原因，所以我一直在想，根本沒有必要被『什麼人就應該要會說哪國話』的規定給束縛。就算爸媽不是日本人，也可以說日語，就算母親是台灣人，也不一定非要說中文。語言與個人之間，應該是更自由的關係才對啊。」

又一陣微風吹來。靜默了一會兒，玲玲嘆著氣喃喃地用中文說：有道理。她用日文再說了一遍：我不是不懂這個道理。接著看了看舜哉，又看了看我：

「但是我還是不希望妳放棄中文，因為妳是我最重要的夥伴啊！」

我從沒想過玲玲會像這樣鼓勵我。舜哉也看著我。我對兩個人說：謝謝。

「我不會放棄中文的，只是有點沮喪而已。就像玲玲說的，因為媽媽是台灣人，所以我決定要開始學中文。可是來到上海之後，每次一被別人說媽媽是台灣人，怎麼中文程度卻這麼差，就會漸漸喪失自信。所以聽了舜哉這麼說，讓我覺得很開心。就算父母是台灣人，也沒必要勉強學中文，這麼一想，心情就輕鬆多了。我覺得以後可以稍微放鬆一點去看待學習中文這件事。真高興我可以跟你們兩個討論，像這種煩惱，普通的日本人一定……」

玲玲和舜哉都盯著話說到一半，突然猶豫不知該不該繼續說下去的我。

「對不起，突然覺得自己說普通的日本人，這種講法好像有點太過傲慢。」

「會嗎？可是我們比較特別，這也是事實啊。」

關於這一點，玲玲可是一點也不遲疑。

「對啊對啊，我們很特別。**因為我們都是假日本人**。」

舜哉的語氣特別開朗。玲玲則是瞪著舜哉說：真是的！

「舜哉你自己做**假日本人**就好啦。可別把我跟咪咪都變成像詐騙集團一樣。」

「哈哈，這對我來說可是最好的讚美了。詐騙日本人，太棒了。反正日本到處都是真的日本人，假的才比較寶貴呢。我們可是很寶貴的喔。」

陽光照映在舜哉的臉上，看起來好耀眼。玲玲感觸良多地低語：

「龍舜哉你這傢伙，平常愛蹺課不念書，都是在想這些事啊！」

「哈哈，是啊。好了，來乾杯吧！慶祝咪咪宣布今後要繼續學中文！」

舜哉臉上浮現平時那副裝模作樣的笑容。我才正要說，說什麼宣布嘛，身旁的玲玲卻閃爍著雙眼回道：好主意！舜哉點了第二杯啤酒，我和玲玲也分別點了可樂和汽水。

「乾杯！」

三人重疊在一起的聲音，既非中文，亦非日語。剛吃完冰淇淋，再喝了中國風沒加冰塊的碳酸飲料，實在不覺得好喝。儘管如此，我卻覺得這個瞬間無比珍貴，不禁脫口一聲「啊」，舜哉與玲玲同時看向我。

「我覺得心裡好像架起了一道彩虹呢。」

「什麼啊？」

玲玲笑了起來，但是舜哉卻立刻懂了。這是出自《藍蓮花》書中，把丁丁當成兄長一般崇敬的張充仁說過的話。身為孤兒的張充仁，雖不捨即將與丁丁分離，但丁丁介紹的老夫婦願意領養自己，讓他同時悲喜交錯，說了這句話：

「我的心裡好像架起了一道彩虹。」

對於張充仁來說，丁丁是千載一遇的好友。對我來說，玲玲和舜哉必定也是這樣的存在吧。

あいのこ（Ai-no-ko，混血、雜種）這個台灣話突然浮現腦海。

當外婆牽著我的手，走在各式蔬菜水果氣味鮮明而奔放地混合在一起的菜市場裡，每每遇到外婆認識的人，她總會這麼說明：

——阮細漢查某囝的囝仔。伊的老爸是日本人（我家小女兒的孩子，她的父親是日本人）。

——喔，這個囝仔是共日本人的あいのこ（喔，這個小孩是和日本人所生的雜種啊）。

「哈哈，以台灣話來說的話，玲玲跟咪咪都是あいのこ啊。」

「舜哉你也差不多吧，因為你是假日本人啊。」

「對啊，日本和中國混在一起，以台灣話來說，我也是あいのこ。」

——就算是あいのこ，穿起來也挺適合的。

這個用語是為了要侮蔑像我們一樣的小孩子而出現的。但是為什麼這件事會變成一種侮蔑呢？

「我們都是不完全的日本人。」

幸好有舜哉和玲玲，不知不覺間，我本來對自己是「不完全的日本人」很感嘆，現在卻開始覺得這是一件值得開心的事了。兩個人雙雙看向我：咪咪，是什麼讓妳笑咪咪？

「あいのこ這個發音，聽起來跟『愛の子（Ai-no-ko，愛的孩子）』一樣啊！」

聽起來很像俏皮話的雙關語，讓我的朋友們一瞬間都愣住了，但是玲玲卻立刻笑了出來：真像是妳會想到的話呢。這麼一來，我們都是愛の子！舜哉用爽朗的語氣說著。在異鄉的天空底下，我們各自的心情都好極了。

畢竟好不容易來到蘇州，我們眺望著蓮花池，夏日的陽光照得鮮綠色的葉子閃閃爍爍，綠油油的葉子和盛開的蓮花拼湊出一幅美麗的畫。

「真不想回去啊。要不要乾脆在這裡住一晚？」

在漂浮著無數蓮花的池畔旁，舜哉的提議聽起來簡直就像是令人置身夢境一樣。不過玲玲卻很冷靜。

「不行啦。我明天還要去北京見爸爸呢。」

玲玲預計星期天的晚上回來。

趁玲玲去洗手間的空檔，龍舜哉在我耳邊低語：「不然，明天我們兩個人去玩吧？」幾乎是反射動作般下意識地點了點頭之後，心中卻出現一股對玲玲——而非對彗——的奇妙歉疚感。而一池蓮花則彷彿是在嘲笑著這樣的自己。

＊

小時候，父親會唱許許多多的中文歌給我聽。我會用中文告訴他：爸爸、唱歌！

——唱什麼？

——大象！

這首〈大象〉是我最喜歡的歌了。

大象、大象，

你是喜歡爸爸還是媽媽？

我好像比較喜歡爸爸！

父親會故意把「媽媽」的部分唱成「爸爸」。每次遇到這種時刻，我就會咯咯地笑，說爸爸唱的不對！爸爸便會裝傻。

——可是，咪咪也喜歡爸爸吧？

當我們一家還住在台北的時候，不光只是媽媽，就連爸爸也都是說中文的。我兩歲半時，父母便開始準備舉家搬到東京去，因為父親已經找到工作了。母親祝福父親「功成名就」，但是父親卻因為要帶著妻子到外國去，而憂心妻子的父母會感到心痛。沒關係的，畢竟我媽媽也是這樣啊，母親笑了。

我的外婆也因為丈夫的關係，坐了好久好久的火車，從南方的港口搬到了北方的大都市。

對父親來說是「回國」，但對母親而言卻是「出國」的那一天，母親對父親說，如果要讓這個孩子在日本長大，

——那你就應該要跟咪咪說日文才行。

父親倒吸了一口氣，看著母親的臉。

——要是連你這個日本人都跟她說中文的話，不就太可惜了嗎？就算只有你**一個人做得到**，但今後你也要多讓這孩子聽聽**真正的日語**。

真正的日語。母親說得很認真。在長長的靜默之後，父親開口答道：如果這是妳所希望的，就這麼做吧。

——如果妳堅持的話，我就那樣吧。

「早安」變成了「おはよう」。

「好吃」變成了「おいしい」。

「謝謝」變成了「ありがとう」。

「大象」變成了「ぞうさん」。

透過父親的聲音，年幼的我逐漸學會了新的語言。當我漸漸地希望大家都叫我「琴子」（Kotoko）而不是「咪咪」的時候，我也發現世界上有兩種語言。一個是我在家說的話，另一個，就是在外面——幼稚園——大家都聽得懂的話。

「那個時候，說中文對我來說是一件很開心的事，因為在幼稚園大家都聽不懂，讓我覺得那是只有我和爸爸媽媽之間特別的語言。不過我到後來才知道，媽媽說的中文裡還參雜著台灣話……」

雲朵蓋住了太陽。似乎有些新的顧客上門了，門的另一側迴盪著男男女女交談的聲音。我仔細聆聽了一下，發現那既不是中文，也不是日語。或許他們就像丁丁和他的愛犬白雪，是來自一個很遙遠的國度吧。門上了鎖，房間裡面擺了兩張單人床。我在其中一張床上坐了下來，透過牆上的窗戶，可以遠遠地看見架在黃濁大河上的那座橋。

——那座橋就是一條界線。在過去，虹口的日本人沒有通行證的話，沒辦法來到橋的這一邊。

當我得知在橋下流淌的這條河，名為「蘇州河」的那一刻，今天在蓮花池畔萌芽的夢境彷彿突然實現了。我和舜哉正處在青年旅館的一間房間裡。這樣的「旅社」最適合背著一只背包，用輕鬆愉快的心情旅遊各地，只為了找個地方睡個好覺的旅人。腳步聲逐漸遠去，響起了另一間的房門被人關上的聲音。房內頓時回復一片靜默，我再度開口說話：

「有一次，我問『日本的大象是不是忘記爸爸了？』結果我爸爸媽媽都笑了。因為台灣的大象，歌詞裡面有問『你是喜歡爸爸還是媽媽？』可是我在日本的幼稚園唱的歌裡面，問的是『你喜歡誰』啊。」

聽到這裡，舜哉笑了。他側躺著，一隻手撐著頭說：「妳說的有道理」，一面向我伸出手。

ぞうさん　ぞうさん（大象、大象）
だあれがすきなの（你喜歡誰啊？）

あのね　かあさんがすきなのよ（我最喜歡媽媽）

舜哉的指間從我的臉頰，滑到嘴唇、下巴，再到脖子。雖然是很輕率的舉動，但是感受到他的觸摸，他那一開始彷彿對待易碎物品般小心翼翼地輕撫，逐漸變成熱切摩娑的觸感在心中甦醒，讓我不禁閉上了眼。

從我們房裡勉強能看見蘇州河，不過到了這棟建築的屋頂上，卻能眺望外灘的景色。除此之外，這裡還為來自世界各地的旅人，提供一些正式進入上海的街道前，足以果腹的輕食。夜黑了之後，我們去喝啤酒吧，舜哉提議。我問，那在天黑之前我們要做些什麼？舜哉也回：對啊，來做點什麼好呢？盡情說話、說累了就睡覺，然後……我們一一實踐了這些提議。房間的日光逐漸暗下來了。時間仍順順地流淌著。這個時候，玲玲是否已經見到她爸爸了呢？她搭的是中午從浦東出發的班機，應該早就已經抵達了。但是我們待在這祕密基地裡，誰也沒有開口提到玲玲的話題。

「現在想想，那時候不光是媽媽，就連爸爸也是用中文跟我說話的。聽到舜哉你那時候說，語言和個人之間的關係應該要更自由，我才發現這件事。我爸爸和中文的關係就是這樣。對爸爸來說，中文是一個跟他非親非故的外國語言，但是他卻一股腦熱切地沉迷於學習中文……」

之後遇見了台灣人的媽媽，生下了我。就這樣，我自顧自地一直說著關於自己的事。而舜哉似乎也很想聽我說，至少他擺出了讓我這麼認為的態度，一直側耳傾聽著。

「當我說想要學中文時，爸爸比媽媽還要高興。一想到這，我才發現爸爸比媽媽更常唱中文歌給我聽啊。」

ぞうさん　ぞうさん（大象、大象）
だあれがすきなの（你喜歡誰啊？）

あのね　とうさんもすきなのよ（我也很喜歡爸爸）

儘管是相同的旋律，比起日文版本的〈ぞうさん〉，我卻更喜歡父親用中文唱〈大象〉。只要我一說「爸爸唱大象！」父親就會故意這麼唱。

咪咪、咪咪，

你是喜歡爸爸還是媽媽？

我好像比較喜歡……

我沒辦法在爸爸和媽媽當中擇一，因此大聲地說：爸媽！因為一半爸爸加上一半媽媽，才是全部的我啊。舜哉的眼皮似乎變沉重了，他眨了眨眼。我問他，你睏了嗎？他微笑著：有一點。可是我不會睡著喔，不然就太可惜了。他喃喃低語，接著唐突地提出要求：唱點歌吧！

「我想聽妳的歌聲，妳唱點什麼吧！」

我扭動著身軀想要逃開，舜哉卻輕輕地壓住我。彷彿聽見了遠處的鐘聲，是江海關鐘樓的〈東方紅〉。不，或許那只是我的幻覺吧。當舜哉偶然開口向我打招呼時，我正沉浸在這彷彿音樂盒的旋律當中，對這首是用來稱讚毛澤東的歌曲毫無所知。

——台灣人原本是不說中文的啊。是蔣介石命令台灣人都要說中文的。所以我爸爸和咪咪的媽媽才會說中文啊。

如果蔣介石戰勝了毛澤東，現在的台灣人又會使用著什麼語言呢？該不會是日文吧？

住在台灣的外公外婆一口流暢的日文，說得比住在日本的媽媽還要好，不就是這種「可能性」的證據嗎？我不禁感到顫慄。

——那時候，無論是台灣還是上海，到處都有日本人，總是一副旁若無人的樣子走在街上……

那時候，名為中華人民共和國的國家還尚未出現。台灣人就是日本人。那些寫在歷史課本上的篇章，突然變得與我切身相關了。在我體內一半的日本人和一半的台灣人，逐漸融化合而為一。我想要把這種感覺告訴舜哉，但是開了口卻不成聲。在流淌著蘇州河的城鎮裡，在狹小的床上與舜哉重疊著身軀的我，享受著從喉嚨流洩出來的，無法構成字句，只能停留在聲響的那些音韻當中。

*

終於進入留學的最後一個星期。我向添田和其他同學道歉，自己毫無預警就請假，讓大家擔心了。

「陳老師也很擔心喔。」

陳老師也很擔心嗎？或許那不是擔心，而是責怪我吧？老師說不定還在心裡想，那孩子終於還是蹺了我的課啊。

下課後，我匆匆忙忙走出教室。走到大學的正門口，卻被班長松村叫住。他似乎一路追著我而來，因此氣喘吁吁的。我笑著問：怎麼啦？他話說得很急：陳老師有話要和妳說，請妳到教職員辦公室去。陳老師？大概是我的臉部表情瞬間僵硬，松村一臉歉疚地點了點頭。

五分鐘後，我來到教職員辦公室，大部分的老師都出去吃午飯了，辦公室裡空盪盪的幾乎沒有其他人。我和陳老師面對面，陳老師開口說「請坐」，催促我坐下。

「天原，我把妳的作文看完了。」

由於過度緊張，我覺得口乾舌燥。在課堂上，我的演講雖然被中斷，沒有發表到最後，但是下課後，老師要求我繳出演講的原稿。面對全身僵硬的我，陳老師淡淡地把我用中文寫的文章念了出來：

「對我來說，日語並不是『媽媽』的語言，寧可說那是『爸爸』的語言。所以我想把日語叫作『父語』……」

透過陳老師的聲音閱讀著自己的作文，那些文字就彷彿是別人寫的一樣，有點陌生。

「因為我在日本長大的，所以我對『父語』不覺得不安。但是我對『母語』沒有自信，以後我想更努力學好我的『母語』。」

老師會不會斥責我，既然這麼想，平常就應該更用功呢？我的緊張感又升高了一度。但是事情的發展卻和我想像的不同。

「我誤會了。」

朗讀完我的作文，陳老師開口這麼對我說。面對無所適從的我，陳老師轉換成日語：

「是我誤會妳了。妳在寫這篇演講稿時其實很認真。」

「……」

「雖然我指責妳，要妳不准開玩笑，但是我誤解妳的意思了。」

我不知該做何反應，悄悄地抬起頭看向陳老師。陳老師的表情一如既往，讓人摸不著頭緒。他用中文問我：根據妳的作文，妳的爸爸似乎會說中文啊？我雖然很緊張，仍然用中文回答：對，我的爸爸會說中文。我腦子裡接著浮現出一句中文：「他的水平比我高」，但最終仍沒有說出口。陳老師繼續問：妳父親的職業是什麼？我回答：他在大學教書。大學？妳父親是大學教授嗎？我一面意識著要捲舌，一面回答：是。陳老師接著問：妳父親的專攻是？我一時之間想不起「民俗」這個單字的中文發音，一陣心慌，小小聲地用日語說出：みんぞく（「民俗」與「民族」二字的日語發音皆為 min-zoku）。民族？陳老師張大了眼睛。不、不，我更加慌張了。陳老師說：mín sú？我無法確定是不是這個字，所以用中文回答：「他研究台灣傳統的木偶劇叫作布袋戲。」陳老師點點頭，原來如此，我瞭解了。

「所以妳父親會說普通話，實在是非常優秀啊。」

陳老師的表情變溫和了，笑容在他臉上綻放開來，但是我卻依舊很緊張。面對畏畏縮縮的我，陳老師緩緩地再度開口：

「我誤會了。這是妳認真寫下的，我會好好反省。」

我這才發現陳老師是要向我道歉。如果是日文的話，這時候應該要回答：您這番心意，真是讓我過意不去。但是一時之間，我卻找不到適當的中文用詞，只能努力地擠出一句小小聲的「沒關係」。（如果我沒會錯意的話）陳老師看似也鬆了一口氣。

「妳是位優秀的學生，為了提高妳的母語能力，我會努力給予妳適當的指導。也請妳堅持努力到最後。」

注視著我的陳老師，眼睛裡不帶一絲陰影。謝謝陳老師，我說著，差點忘了要低下頭來鞠躬。離開教職員辦公室，我突然覺得好沮喪。看著老師還給我的作文，標題「我的中國語」的「中國語」那三個字被畫上兩條線，訂正為「普通話」。

——陳老師從一開始，就很熱切地要教我們正確的中文。

正如同學們說的，對陳老師而言，只有普通話才是正確的。這件事再明顯不過了。我憑藉著記憶脫口而出的台灣式發音，成了壞習慣，也是該被矯正的對象。夏日的陽光穿過窗戶透了進來，讓室內閃亮亮的。站在窗邊，我不禁喃喃道：

「適當的指導……」

嘴裡有一種麻麻刺刺的感覺。大概是剛才太過緊張了，覺得喉嚨好乾。陳老師剛才是這麼說的：為了提高妳的母語。但是，那真的是我的母語嗎？

——從小我就想要學習媽媽的語言。

過去的無知真是讓我自己感到羞愧。我以為中文就是中文。但是如果真的要學母親的語言，就不應該來上海，反而一開始就應該到台灣去吧。這個念頭又重新浮現腦海。因為台灣才是我母親的國家啊。

「我還是覺得我的母語不是普通話。可能『國語』對我來說才是真正的母語吧……」

我一面笑著，一面抬起頭來，舜哉的表情看起來若有所思。路邊的長椅都被人占走了，我們只好躲進最大那棵樹的樹蔭下。

「你之前曾經說過吧，『咪咪妳是為了找回妳自己的中文而來的。』我自己也是這麼期望的。但是我或許把目的地搞錯了，我應該要去的也許是台灣，而不是上海……」

畢竟在上海遇到這麼多讓人困惑的事，下次如果我去台灣留學，一定可以更專注學習中文、學習國語、學習我母親的語言吧。一下定決心，就覺得重新找回了失去的目標。但是舜哉接下來說的話又讓我困擾了：

「唉，可是就算在台灣，也不見得就不會遇到很頑固的中文老師喔。」

「咦？」

舜哉刻意擺出嚴格的表情：

「為什麼妳的國語這麼像大陸人？」

大陸人啊。台灣的舅舅和阿姨們，有時提到中國人，都會用「大陸人」這個說法。我突然想起過去，曾經有人開玩笑地對爸爸說：「天原說的國語有點像大陸人。」

「我的想法跟之前一樣，不管身在哪裡，跟什麼人說話，咪咪妳只要說屬於妳自己的中文就好了。如果妳一直覺得普通話不屬於自己，國語才是自己的東西，那妳就算到了台灣，還是會迷失自己喔。」

「……」

「而且啊，我覺得咪咪妳把自己的中文說成是『中國語』，我覺得很好啊。因為這和普通話或國語都不一樣。因為『中國語』讓人覺得裡頭除了妳在小嬰兒時聽到的國語之外，也包含著現在我們在學校學的普通話。雖然老師幫你打了一個叉，可要是我的話，一定會幫妳畫大圈圈的。」

舜哉的聲音隨風飄逸著，一如往昔的香水味輕觸著我的鼻尖。一回過神來，舜哉的右手輕撫著我的臉頰。說不定會被別人看見。雖然我這麼想，卻沒有阻止他。這並非男女之間的情慾，而是一種細微的親密表現。就像小鳥輕啄餌食一般，我們的唇輕觸了兩三次。我品味著從枝葉中流瀉下來的夏日陽光。有幾對帶著孩子的家人經過我們身旁，看在他們眼裡，我們或許就像是一對情侶吧。但是，我們並不是戀人。

「我不在乎什麼定義。能像這樣跟妳在一起，我覺得很開心。」

面對他半開玩笑的眼神，我不再像以前一樣膽怯了。我彷彿是要向他堂堂應戰似的回望著他，並在他耳邊低語。舜哉皺起了眉頭。然而，我卻因為自己說的話勾動了他的神經而感到得意。

我與舜哉這樣的關係，就如同漂浮在空中。只有在上海的這些日子，而且是快要回國的這段時間裡，才得以成立。像是一起幸福的事故。不知道是不是太過虛幻而缺乏現實感，我竟然沒有產生一絲一毫對彗的歉意。

「……明天就這麼辦吧。」

一想到舜哉或許會計畫好一切，我皮膚下的脈動悄悄地鼓動著。

那個晚上，我特別認真地複習和預習功課。週末還有綜合測驗呢。我的學習進度不可思議地順利。我總有一天要去台灣學中文，當我下定這個決心，毫不猶豫地告訴自己只要集中於眼前的那些課題就好了，從那一刻起，原本覺得很有壓力的普通話，竟全都變得輕鬆起來。玲玲或許也和她爸爸度過了一段很有意義的時光吧，從北京回來之後，她變得比以前更用功了。而我們那些即將進入尾聲的夜晚，也顯得十分寧靜。

*

隔天，站在講台上的陳老師和往常別無二樣。隨意瞟了我一眼的目光裡，沒有另帶他意。這一天也是淡淡地對我們進行著適當的指導。

下課的鈴聲響了，大家期待已久的放學時間終於到來。幾位同學計畫要去和日語系的同學見面，一起為考試而念書。也有人捨不得留學生涯就要結束，打算要上街去逛一逛。松村與赤池要去的地點，和我與舜哉約定見面的地方有點距離，讓我不禁鬆了一口氣。回到房間裡，玲玲正在換上外出用的洋裝。

「今天晚上發音矯正講座的同學要為我舉辦送別會呢。」

一位一起念書的夥伴，要帶大家去看得見夜景的歐式餐廳。既然玲玲也會晚回來，那真是太剛好了。因為我正要和舜哉去不必在意他人目光的隱密地方，優閒地度過夜晚啊。

玲玲一出門，我便把剛才領回來的包裹打開。

——包裹寄到了喔！

下課後，藤井興沖沖地告訴我和赤池。

——旗袍。

我竟然全都忘了。我沉醉在意外的驚喜之中，感受著絲綢的觸感。

舜哉說，早知道妳就穿來啦。他表情認真地重複說了一次：妳要是把旗袍帶來，在這裡穿就好啦。我苦笑：在這裡？我不要。舜哉笑了：也是啦。

我們身處於鬧區一間簡陋的旅店裡，這裡比度過週末的青年旅館還要陳舊，甚至聽得見隔壁房間的動靜。但是在這裡，就不必像在魯迅公園的樹蔭下，不用在意他人的目光，比較自由自在。再度藏身於祕密基地裡，我們盡情地感受著彼此的氣息。正因為是期間限定的關係，也讓人變得更大膽。我們敞開心胸說了很多話。

「要是光盯著樹根看，很有可能就會忽略了樹幹和枝葉的美好。」

舜哉表演了幾句夏威夷的朋友教他的當地語言之後這麼說，明年我要去加拿大學法文，中文可不是我唯一的可能性呢。儘管舜哉這麼說，但我心裡想要去台灣的渴望卻越來越強烈了。

「我想要親眼看看自己的根是什麼樣子。在那之後，才能去看看樹幹和枝葉啊。」

舜哉側躺著身子，我注視著他的臉。他微笑著說道：咪咪這樣妳會迷失喔。他的嗓音微微沙啞。我用手撫摸著他的笑臉，回答：你才是呢。我以為他會露出一如往常的做作笑臉，沒想到他卻一把抓住我，把我拉向他。

「我才不會迷路呢。因為我沒有目的地啊。」

我聽得見他心臟跳動的聲音。趁著即將結束，就盡情地享受最後的時光吧。在呢喃的低語打破沉默的瞬間，和舜哉一起度過的上海時光，就如同盛開的花朵一般。

舜哉的計畫是這樣的：

星期五晚上，吃過晚飯後，要在和平飯店南樓的房間住一晚。那裡似乎就是舜哉的爺爺——那位日文說得很好的台灣祖父——在年輕時候與戀人約會的地點。除此之外，舜哉說：

「那裡也是拉斯泰波波羅斯去過的地方喔。」

當我發現和平飯店從丁丁與愛犬白雪在《藍蓮花》的歷險時，就存在至今，便感到相當興奮。那個年代，大陸還在使用繁體字吧。我想起文廟的古書市裡發現的那本雜誌，封面上笑得妖豔的那位美女，接著又幻想著自己身裹著絲綢的旗袍，和穿上正式服裝的舜哉，站在和平飯店南樓的景象。下午五點在這裡碰面吧，這樣比較有氣氛，舜哉一面說著，一面遞給我一張紙條。條子上寫著一間創業百年的老字號知名西餐廳。

必須想個外宿的藉口。玲玲完全沒發現我和舜哉之間的事。

——因為我還沒喜歡過男孩子嘛。

在我還只有彗時，從沒有這麼想過。但自從有了舜哉之後，就對玲玲產生了某種情緒。我體會過那種玲玲全然未知的快感。正因為我的中文比不過玲玲，更加乘了這種敗德感和優越感，然而這些情緒卻刺痛著我。

和舜哉密會之後，我回到宿舍裡。原以為玲玲會很晚回來，沒想到她已經在房裡，連澡也洗好了。我說，妳今天真早回來。玲玲說，妳聞起來好香。大概是從舜哉身上染上的吧。舜哉總是會擦清新綠草味道的香水。

「舜哉還是一樣愛蹺課。從星期一開始，就完全都沒見到他。」

「是嗎？」

「咪咪，妳有聽到什麼消息嗎？」

我真想要告訴玲玲自己和舜哉的事。說不定她能理解。不，說不定她甚至還會笑笑地說，真像是你們兩個的作風呢。有那麼一瞬間，我真的這麼想。但實際開了口，我卻只說了一句：「嗯，不知道。」不知道，就彷彿是自蘇

州的那個週末以來，我一次也沒見過舜哉一樣。是嗎？玲玲嘟噥著。她似乎是下定某種決心似的看著我，對我說：咪咪妳聽我說，

「其實啊，我……」

沒想到竟然如此。我傾聽著她意想不到的告白，內心動搖地想著，必須把這幾天發生的事盡量地摺疊到最小，收拾好，藏到我的朋友眼睛看不見的地方才行。

*

真是老套的發展啊，舜哉灑脫地說。

「也就是說，對妳而言，我現在變成妳的朋友喜歡的男生？」

舜哉那副不慌不亂的模樣，讓我覺得有點火大。我可是想東想西，想了一整個晚上啊。

「只能選一個，實在是太可惜了。」

說不定舜哉期望和玲玲變得更親密啊。我自己的這番想像，讓內心感到十分動搖。舜哉會和玲玲做出我和他做的那些行為嗎？玲玲也會體驗到那些原本只有我才知道的快感嗎？我想要獨占和舜哉分享的那些快樂，同時又覺得把個性好、也是我最好的朋友玲玲託付給像舜哉這樣的男人，實在很難接受。我一邊難掩內心的激動，一邊打電話給舜哉。聽到電話那頭的舜哉以剛睡醒的聲音接起電話，我便告訴他，自己有話要跟他說，接著原封不動地把玲玲的話轉述了一遍。舜哉非常冷靜。他直截了當地說，對玲玲的感覺只是朋友而已。一發現舜哉對玲玲並沒有像對我一樣的感覺，我突然鬆了一口氣。但同時，想到玲玲把舜哉當成一個男性看待，並萌發了愛慕之情，我便覺得快要發狂了。

「我終於瞭解了，原來這就是喜歡的感覺。」

我彷彿要被矛盾的感情給撕裂了，只能盡量擠出微弱聲音來告訴他：你選一個吧。一想到玲玲的心意，我就不能再跟舜哉你繼續……沉默持續著，我想像著電話的另一端，舜哉露出若有所思的笑容。在密室之中，我倆並非獨自二人。我接著說：

「總之明天五點，我會和玲玲一起過去。」

不安的沉默流動著，然而我卻不顧一切地繼續說：

「我希望你可以親自從玲玲的口中聽到她的心意。」

那天晚上，我對玲玲說，舜哉邀我們倆一起去吃蛋包飯。玲玲的臉變得紅撲撲的。真高興！她雀躍的聲音讓人覺得好可愛。從那一刻起，我的朋友便一直坐立難安。

「……妳是想要親眼目睹玲玲失戀的瞬間嗎？」

不是的，才不是那樣呢。我覺得玲玲有對舜哉表達自己感受的權利，而且我自己也有義務向玲玲告知我和你之間的事啊。然而我卻沒有意識到，這個獨斷獨行的決定如此孩子氣。我實在是幼稚得可以啊。

＊

我們的聚會就像無憂無慮的宴席一般，大家都盡情地笑著、聊著，彷彿三人之間都沒發生過任何事。或者，至少大家都是努力地這麼表現著，享受當下的時刻，試著不破壞平衡。

一開始玲玲的表情看似有點緊張，但是來迎接我們的舜哉臉上卻帶著輕鬆的笑容。

雖然稱不上是正式服裝，但舜哉身上的穿著卻是我有史以來見過他最正式的西裝褲加上襯衫，玲玲穿的是和去吃歐式料理時一樣的俏麗小洋裝。我則是到大廳的洗手間換上了旗袍。玲玲為我別上背後的鈕扣，輕聲地說：好漂亮！在刷拭得發亮的鏡子裡，看見自己映在其中的身影，我害羞地咬了咬嘴唇。

「畢竟機會難得啊。」

厚重而華麗的高級地毯，宮廷風的中華裝飾，閃閃發亮的桃花心木桌和椅子。的確，再也沒有比這個更適合旗袍的舞台了。真是判若兩人啊，舜哉瞇著眼這麼說。玲玲半開玩笑地說，都讓人看呆了吧！這兩個人又開始一如往常的你一言我一語了。玲玲一點也不知道對方早已明白自己的心意。但舜哉肯定以為我已經向玲玲完全坦承了我和他之間的事。

「唉呀，美女出巡啦！」

三人初次在上海文廟共度的假日，彷彿已經是遙遠的過去。但就連那間蘇州的小旅社，也不過是七天以前發生的事啊。

圍繞著這間老字號西餐廳的餐桌，我們笑得像什麼事也沒發生過似的，無論是我、舜哉，還是玲玲。我點了蛋包飯，舜哉點了羅宋湯，玲玲吃著義大利麵。我們品嘗著從半世紀以前，當我們的祖父母還是我們現在這個年紀時，就不曾改變的味道。那是中華人民共和國還不存在的年代。鐘樓的鐘聲響起，提醒著我十五分鐘的光陰又過去了。「我們的上海」的尾聲即將啟動。

「我已經到達極限了。」

我開口打破了這個平衡。

*

身處電腦教室裡，我深吸了一口氣。有兩封新來的訊息。沒想到這麼快就收到回信了。我按下滑鼠的手指顫抖著。

「我不明白，」

我盯著電腦螢幕上的字，心跳不安地加快。

「妳突然說沒辦法再跟我交往了，是什麼意思？我一直很期待妳回來的。為什麼要用訊息告訴我這麼重要的事，太過分了吧？」

彗說得沒錯，這種事應該要當面告知才對。

——我已經沒辦法繼續和你交往了，等我回去之後會告訴你原因。你不必來機場接我。

前天，我才用同一台電腦傳了這封信息給彗。夢醒了之後，自然會這麼想。我已經無法用來上海之前同樣的表情面對彗了。這麼一想，就覺得急躁不安，必須要盡快讓他知道才行。但是，我錯了。這麼做反而傷害了彗。就算感到後悔，但似乎有點遲了。面對彗這封以「太過分了」結尾的訊息，我不知該回些什麼才好。我咬了咬嘴唇，點開另一封訊息。畫面上出現中文字：

「我相信妳的普通話每天都會有所進步的。」

我閱讀著畫面上的簡體字，一面回想著爸爸說中文時的模樣。

「我的普通話如何？比起口語，我還是比較擅長書寫。」

才沒有這麼一回事呢。爸爸的水平比我高。來到上海之後，我才發現爸爸的中文比我要好得太多了。回去之後一定要這麼告訴爸爸。

「我等可愛的女兒回來，已經等好久了。」

如果他是用日文這麼說，我一定會覺得太過直接而害臊吧。但是父親用簡體字親密地表達他的心意，讓我感動在心。

——我等不及我可愛的女兒回家啦。

夏日陽光滿溢，我把最後一眼的上海天空盡收眼底。

回到房間裡，玲玲正用中文說著電話：

「好啦，我懂。不過沒關係啦，畢竟也不是第一次坐飛機……」

我和玲玲，在留學地上海，都使用著中文和日本人的爸媽說話。

（我們有一半是日本人）

我想起了那句話：我們是一半的日本人。講完電話，玲玲掛上話筒抬頭看向我。她的眼睛下方有深深的黑眼圈。

「至少出席一下送別會嘛！」

可以讓妳心情好一點喔。我原本想這麼說，但還是把話吞了下去。玲玲虛弱地笑了笑，搖搖頭：

「對不起，我想一個人靜一靜。」

說的也是。「這不是誰的錯。」玲玲昨天夜裡的話再度在我耳邊響起。

——就算我要責怪哪個人，自己也只會覺得空虛而已。

如果是我的話，能夠表現得像玲玲一樣冷靜嗎？會只截取實際發生的狀況，想盡辦法讓自己接受嗎？或許玲玲根本就沒有接受吧。在我待在電腦教室的期間，玲玲的東西都已經收拾好了。幾天前還放在衣櫃裡的行李箱，現在躺在床的一旁。在我視線所及之處，那裡已經陌生得不能稱作是我們的房間了。對著在房間裡站得直挺挺的我，玲玲哀傷地重複說著：讓我一個人靜一靜。

（我不會再跟舜哉見面了。）

我一步一步走在待了四週的宿舍走廊上，心想著打算把上次他們射擊比賽獲得的獎品——那隻鼻子快要掉了的熊貓——留在這裡。

敲了敲清水和松村的房間門，寺岡開門出來歡迎我：「歡迎、歡迎！」年紀較長的近藤坐在椅子上，其他的成員有的坐在床上、有的直接坐在地板上。除了我之外，大家都到齊了。胡同學等幾位日語系的同學也來了。這是在上海度過的最後一個夜晚。清水開心地說他拿到了「椰奶」，並在公用的廚房做了咖哩請大家品嘗。他打工的斯里蘭卡餐廳廚師教他做的咖哩，就像湯品一般並不濃稠，獨特的味道讓我覺得很新奇，滿美味的。

大約過了一個小時左右吧。赤池和藤井互相使了一個眼色，油川起身關掉電燈。我萬萬沒想到，從門外端了生日蛋糕走進來的，竟然會是玲玲。看見我因為「好朋友」玲玲意想不到的登場而大吃一驚，同學們都覺得很好笑。

「雖然有點早，不過祝妳生日快樂！」

玲玲的聲音裡又恢復了生氣。我熱淚盈眶，她開玩笑地對我說：妳高興

到哭啊？眼神也是一如往常的樣子。眾人接在玲玲之後的祝福，交錯著日語和中文。おめでとう天原、生日快樂、お誕生日おめでとう、天原生日快樂！

胡同學指揮著說：大家一起唱吧！

ㄓㄨˋ ㄋㄧˇ ㄕㄥ ㄖˋ ㄎㄨㄞˋ ㄌㄜˋ，祝妳生日快樂……

曲終大夥兒都拍著手。謝謝……從我嘴裡自然浮現的語言是中文。

「謝謝大家！」

拍手聲變得更熱烈了。

那天晚上，玲玲彷彿掃盡陰霾，一舉一動都比任何人還要開朗。日語系的學生稱讚她：妳的中文說得真好！她回應道：沒有好到讓大家稱讚的程度啦。大家又是一陣讚嘆。胡同學接著說：既然妳爸爸是台灣人，那麼就是我們的同胞啦！玲玲也毫不猶豫地回答：要是按照我相信的道理，四海之內皆兄弟，那麼日本人跟美國人也都是兄弟啊！

——我跟大家不一樣。

見到中國同學被玲玲這席話弄得一愣一愣的，不禁讓我想著，不管發生了什麼事，玲玲畢竟還是玲玲啊。

「咪咪生日快樂！」

日期變換的那個瞬間，玲玲一把抱住了我。而這個動作就像是個啟動鍵一樣，為我祝福的同學們再度獻上他們的祝賀——生日快樂——不只日文、中文，甚至還聽見上海話呢。

再次，出發前夜

在即將邁入二十歲的時候，如果有人告訴我，有一天妳會成為中文老師，我大概不會相信吧。

——我能去教別人嗎？光是自己學，就已經這麼力不從心了。

然而過去是這樣的我，現在卻成了中文教師，每天和與過去自己年紀差不多的學生們相處在一起。

「天原老師！」

鼓鼓一面用中文喊著，一面跑了過來。她也是我的學生之一。鼓鼓的爸爸和媽媽都是在日本出生的台灣人。為女兒取名為「鼓」的雙親，並沒有用這個漢字的日語讀音稱呼她「つづみ」（tsuzumi），而是用中文叫她「ㄍㄨˇㄍㄨˇ」。她在小學三年級的時候，得知了「ㄍㄨˇ ㄍㄨˇ」這個發音的由來是「鼓」的中文。那時候她便下定了決心。

——長大以後我要學中文！

雖然在大學修過第二外語的中文課，但那對她來說已經過於簡單，因此半年前，她開始來上我教的夜間講座。她總是活潑又開心地學習過去可能是父母的「母國語」。儘管她說自己以前完全不會中文，但有的時候發音卻帶著「南方口音」。當一位較年長的學生半開玩笑地指出了鼓鼓的口音，我便對著全班這麼說：

——之所以會這樣，正可以證明她曾經聽過祖父母和雙親說的中文啊。

不光是鼓鼓的背景和台灣有關聯，其他學生當中也有人曾經自學，之後發音裡總帶有一些獨特的習性。這時候我總是這麼告訴他們：

——你的發音不需要非得學到完美。就算是以中文為母語的人，也沒有人可以說到百分之百完美，就跟日文一樣。但有些發音卻是會讓人聽不懂的。我希望教你們的是讓大家都聽得懂的發音。

教中文這項工作，意外地滿適合我的。班上如果有意氣相投的學生，教起書來就更愉快了。這個晚上，鼓鼓就像是在跟一位交情好的朋友——而不是老師——交談一般地問我：

「天原老師，聽說妳要辭掉這裡的工作啊？」

在母校的漢語學院和幾所私立大學擔任幾年兼任講師之後，我終於要正式「就職」了。雇用我的「公司」位在台灣的高雄。我的恩師邱老師投入私人資產，創立了一所「補習班」。我是在台北認識邱老師的。自漢語學院畢業之後，我一心想要學習「國語」，便前往台灣。正如在上海時一樣，台北的語言中心也是大約中午左右課就結束了，所以下午我會到語言中心所屬的大學去旁聽一些課。其中我最認真聽講的一門課，叫作「國語教育和母語的維持」。由於少子化的影響，台灣兒童的人數不斷減少。儘管如此，由東南亞或是中國大陸來台灣結婚，被稱為「外籍配偶」所生下的兒童不斷增加……這門課的講師邱老師，總是一面讓我們看數據、一面解說……台灣人與外籍配偶所生的孩子，被稱為「新台灣之子」……我感到很震撼，便把「新台灣之子」這個中文詞彙記下來。

——經常被大眾形容為「繼承自母親的語言」的這個「母語」，真的就只有一種嗎？我認為這些孩子的「母語」，是由許多種語言所構成的。

我總是坐在教室的最前排，認真地記著筆記，所以邱老師對我印象很深刻。學期最後一天，我下定決心，把自己的電子郵件信箱寫在紙條上，遞給了邱老師。他不但開心地收下紙條，還當場邀請我到他的研究室去。我啜著邱老師泡的普洱茶，和他展開了長長的對談。邱老師並不會說日語，所以這是我打從出生以來（除了幼兒時期之外），第一次用中文和他人說了這麼多的話。邱老師也表示同意：我一點不覺得我們像是初次見面。

——真希望有朝一日，像妳這樣的人能夠去教台灣的孩子們說中文。

我受到邱老師的啟發，回到日本後，接受大學的入學考試，學習了社會語言學。之後，我的學生生活比我想像中還要拉長不少，當我將題目定為「青少年的日語教育及其課題——以父母是中文母語者的兒童為對象」的碩士論文提出時，我已經快要三十歲了。那一年的年底，我和邱老師在東京再度見面。那並非偶然，在這將近十年的時間裡，我一直都和邱老師保持固定的聯繫。無論是在寫大學的畢業論文，還是碩士論文，邱老師都非常幫忙。相隔這麼多年再次在東京見到邱老師，卻覺得他比在台北的大學教書時看起來更年輕。我們一起用餐，邱老師告訴我，他的父親過世之後留下一筆錢給他。以此為契機，他辭去了大學的工作，想要回到故鄉高雄，為「新台灣之子」

開一間「補習班」。

——如果妳願意的話，可不可以來助我一臂之力呢？

我無法馬上就答應。不過邱老師笑了：這也是當然的嘛。妳慢慢思考，不用急著現在馬上回覆我。那一晚，他這麼說著，我們互相道別。

——我一直在等妳。

拒絕了邱老師的邀請，接下來漢語學院的鄭老師又邀請我回去負責教平日夜間的入門講座。對於這個邀請，我則是立刻就答應了。我甚至對這個邀請感到相當感激，接著又在幾所大學兼課。我這才發現，到處都有像鼓鼓這種學生，父母其中一方是台灣或中國出生的人。不知不覺間，我也會特別注意這樣的學生。

——這些孩子們的「母語」是由多種語言所構成的。

邱老師曾幾何時說過的話，一直長駐在我的心底。他仍然經常關心我，也對我工作上的事提供了很多建議。每當聽到邱老師談起他「補習班」裡孩子的事情，也讓我很感興趣。

——從今年的秋季班開始，我們打算要收學齡前的孩子。所以就像一直以來我跟妳說的那樣，需要妳的幫忙。

距邱老師第一次的邀請，已經過了快五年的時間。然而這次我一點都沒有猶豫，甚至覺得時機成熟了。

這一晚，是我在日本上的最後一堂課。鼓鼓貼心地說：我下學期還想要再上天原老師的課啊。我告訴她：等妳中文更好的時候，歡迎妳到高雄來找我！於是另一個很喜歡台灣的同學——就像過去的油川同學一樣——興奮地說：我要去、我要去！我看著鼓鼓，也環視著全班同學，用中文告訴他們：歡迎大家來高雄找我。現在的漢語學院就像過去一樣，尤其是夜間講座，學生的經歷各有不同。

「天原老師，妳去台灣的話，沒有會為妳哭泣的男朋友嗎？」

我作勢要拍打鼓鼓的額頭：

「多到數不清啦，可是我才不管他們呢。」

其他的學生們都笑了。每每被人問到不結婚的理由，我總是像這樣打馬虎眼。

——選擇太多，我可不想只限定一個人啊。

要是玲玲的話，大概會駁斥：「不干你的事」吧。

——結婚只不過是個制度而已嘛！我又不是中國人，非結婚不可。

之後，玲玲肯定會接著這麼說，自己之所以和 Patrick 去辦登記，是因為要減輕生活上的不便，沒有其他的用意。玲玲並沒有把生活據點放在出生長大的東京，也不是長期留學的北京，更不是父親出生地台北，而是德國漢堡，正因為那裡是 Patrick 的家。

從漢語學院畢業之後，玲玲正式去北京的大學留學。在第二次前往北京前，她的外公笑咪咪地對她說：

——知道嗎？以後數數的時候要說 ㄧ ㄦˋ ㄙㄢ ㄙˋ ㄨˇ……

他將早已過了二十歲的玲玲，誤認成是自己年幼的女兒——玲玲的媽媽。玲玲的外公是從中國大陸遣返回日本的。外公過世的隔年，玲玲邀請他的同學 Patrick 一起去山東旅遊。在外公曾經生活過的村子郊外，一片草原上兩人雙手合十。Patrick 拿出了一根菸草，原以為他要抽菸，沒想到他卻把菸恭恭敬敬地立在玲玲的腳邊。Joss Stick。Patrick 嘴裡低聲地說著，並把火點著。到北京學繪畫的 Patrick，外祖父母都是中國人。

Patrick 和玲玲的兒子 Ken 就快要四歲了。在家裡他們都說中文，在幼稚園則是說英語。幾天前，和玲玲通 Skype 時，她這麼說：

——可是我兒子只有在說「奶奶」的日語，發音最好。我媽開心得不得了，以前明明不准我說中文以外的語言，現在 Ken 只要說句日語，就這麼開心。

或許將來 Ken 會留學日本呢。說不定他會想要親眼看看自己母親長大的國家。也有可能是用一種更輕鬆的心態，去觀光一下呢。畢竟，對 Ken 來說的彼方，並不只有日本和日文啊。

——要是光盯著樹根看，很有可能就會忽略了樹幹和枝葉的美好啊。

曾幾何時，在我們還是少女的時代，好像有個人是這麼說的呢。玲玲的眼睛頑皮地亮了起來。我故意裝傻：哎呀，到底是誰啊？

——呵呵，不知道龍舜哉現在人在哪裡啊？

——好像還在廈門喔。聽說最近也滿常去河內的。

與我和玲玲相同，度過了漫長的學生生活後，龍舜哉並沒有幫忙哥哥繼承父親的家業，反而在一位台灣人、但更正確說應該是馬來西亞華僑朋友的伯父所創立的公司裡面工作。

——龍舜哉還會去越南啊？他真是一枝沒有根的草啊。

Ken出生的那一年，我與玲玲在東京和舜哉見了一面。舜哉故意誇張地對「玲玲當媽媽了」做出感動的模樣，但玲玲仍是一如往常毫不留情地說：

——你以為我現在還是十九歲啊？

這是繼多年前江海關老字號西餐廳的那場「宴席」之後，我們三個人再度會面。無論是我、玲玲，還是舜哉，都像是昨天才見過面般開心地笑著、聊著，享受著當下的時刻。

當我決定要去高雄的那個晚上，我夢見自己在閃閃發光的河畔緩緩散步。這十五年來第一次，蘇州出現在我的夢裡。醒來之後，我深深覺得自己在即將滿二十歲的時候造訪上海，真是一件美好的事。經歷過上海，再到台灣，我才明白自己的根其實並不是這麼筆直的，而是朝著各種方向延伸開來的。

——沒有根的草？哈哈，在哪裡都可以生根啊。

直到今天，每隔幾年我還是會和舜哉在不同的地方見面，並且有說不完的話。東京、台北、橫濱、新加坡、神戶……無論是在什麼地方，他總是會說著他口中的「西日本語」和「屬於我的中文」，活得逍遙自在。每當聽完舜哉的近況，又聊完我的近況之後，我總是會充滿正面能量。雖然想起過去的事，難免會有點心癢癢的，但或許這也是原因之一，讓舜哉對我而言，仍然是個饒富興味的存在。而我對舜哉來說或許也是如此吧。畢竟我們笑著說：「我們都是愛の子啊」的眼神，從初識以來，就不曾變過。

「我第一次去台灣，是去參加曾祖母的喪禮。那時候大家都說中文，我覺得好酷喔。然後我爸爸就告訴我，鼓鼓，其實妳的名字也是中文喔……」

在我的學生當中，也有許多「愛之子」。往後的歲月裡，或許還會遇到更多呢。

結束了最後的課回到家，媽媽包的餃子擺滿了一桌。真不知道下次要等到什麼時候才能看到這種奢華的場面啊。於是我用手機把豐盛的餐桌照了下來。

「咪咪妳不管四歲還是十九歲，都完全一樣。問妳想要吃什麼，妳總是只會說餃子。可是今天原本……」

我回過頭去尋找聲音的源頭，並要求還穿著圍裙的媽媽和餃子一起入鏡。我把手機裡的照片給媽媽看，告訴她，要是我想家了，我就把這張照片找出來看。媽媽笑了：妳是要看媽媽還是要看餃子？除去認識邱老師那段不滿一年的留學期間，這是我睽違三十年，第一次正式要長住台灣了。而且我也不知道自己會待多久。出發前一天的晚餐，當然是得吃媽媽做的水餃。爸爸仍舊立刻贊成我的意見。

在盛了滿滿的水餃前，我們父女倆一如往常吃得津津有味。當盤子裡的餃子不知不覺消失一半時，父親突然開口：趁著琴子就職這個機會，或許我們也可以「再次移居」到台灣去啊。雖然他用半開玩笑的語氣說著：「反正我明年就退休啦！」但是我知道，父親是認真在思考這個可能性。不過沉默幾秒之後，母親用柔柔的聲音說：我想繼續住在日本。反駁了父親的提案。

「已經在這裡住了三十年，現在從台灣回日本的時候，更有回家的感覺。更何況，媽媽已經不在了……」

我的祖父母與外祖父母四人當中，最長壽的外祖母，已經在五年前，當我三十歲的時候過世了。

父親有點遺憾地說：如果妳堅持的話，我就那樣吧。儘管尊重母親的意見，父親還是很捨不得我。過去父親也曾經這麼回答母親呢。沒錯，就是在年幼的我開始模仿台灣的大人們說話，漸漸學起中文和台灣話時，母親期望父親能讓我多聽一些日文的時候。

（如果妳堅持的話，我就那樣吧。）

面對使用中文來尊重自己意見的丈夫，她也開玩笑地用日文回應：

「對啊。我、日本太久了。日本、已經不是國外了。」

父親一聽眼睛都瞇起來了。身為女兒的我，覺得他們真是一對感情好的夫妻。一這麼想，突然間我的心頭便嘎嘎作響。沒讓他們兩人抱孫子，實在是很歉疚。我聲音略帶顫抖地說出這番話。雖然這是我第一次說出口，但這幾年來，我一直很在意這件事。父親先開了口：別這麼說吧。

「別說這種話，如果妳因為這種事感到難過，我才會覺得心疼呢。」

父親托起我帶淚的臉龐，瞇起眼睛用中文說：知道了嗎？父親的中文裡面，帶有日語的影響。而這樣的聲音，也是我的「母語」一部分啊。母親的語言，是更開闊的。

「爸爸和媽媽你們感情真好。我好幸福。真的真的好幸福。好命（hó-miā）！」

好命。這句形容被好運包圍、出生於幸運之星的台灣話，從以前就是母親的口頭禪。母親總是如此，無論自己受到的命運如何，都當成是好的東西去擁抱它。我也想要如此。我一定可以。被這樣的父母生下來、養育成人，對我來說一定是一件很幸運的事。我一邊說著謝謝，想要揮別含淚而害羞的情緒，因此故意拿著手機對著父母，誇張地說：來照相吧，要笑喔、要笑喔！哎呀，再靠近一點啦！我拍下按照我的指示，靠在一起的父母。嗯，照得真好。我一邊把畫面給他們看，一邊說：爸爸等下我把照片傳給你。自拍、自拍！媽媽不知道從哪裡學來了這個日文單字，嘴裡這麼說著，並向我招招手。我站在兩人中間，摟著兩人的肩膀。父親伸長了右手，用中文喊著：一、二、三！在新生活開始之後，某時某刻，我一定會想起這個瞬間吧。

「拍得好嗎？」

父親問。我豎起大拇指說：讚！三張臉在手機畫面裡燦笑著。正如前一個晚上，我從舊相簿裡抽出來的照片一樣。照片裡有五歲的我，和比現在的我還要年輕的父母。圍繞插著五根蠟燭的蛋糕，三張臉都是「笑咪咪」的。想著新舊全家福，我不禁脫口而出，已經過了三十年的光陰啦。長大成人的咪咪，要從爸爸媽媽住的日本出發，前往台灣去了。

出發之日，正巧和十五年前從上海回國的那天，是同樣的日期啊。

聯合譯叢 083

中間的孩子們（真ん中の子どもたち）

作　　者／温又柔 Wen Yuju
譯　　者／郭凡嘉
發 行 人／張寶琴

總 編 輯／周昭翡
主　　編／蕭仁豪
資深編輯／尹蓓芳
日文編輯／陳雨柔
資深美編／戴榮芝
業務部總經理／李文吉
行銷企畫／許家瑋
發行助理／簡聖峰
財 務 部／趙玉瑩　韋秀英
人事行政組／李懷瑩
版權管理／蕭仁豪

法律顧問／理律法律事務所
陳長文律師、蔣大中律師

出 版 者／聯合文學出版社股份有限公司
地　　址／(110)臺北市基隆路一段 178 號 10 樓
電　　話／(02)27666759 轉 5107
傳　　真／(02)27567914
郵撥帳號／17623526 聯合文學出版社股份有限公司
登 記 證／行政院新聞局局版臺業字第 6109 號
網　　址／http://unitas.udngroup.com.tw
E-mail:unitas@udngroup.com.tw

印 刷 廠／沐春行銷創意有限公司
總 經 銷／聯合發行股份有限公司
地　　址／(231)新北市新店區寶橋路235巷6弄6號2樓
電　　話／(02)29178022

出版日期／2018 年 5 月　　　初版
2018 年 5 月 21 日　初版二刷
定　　價／280 元

ISBN 978-986-323-258-2（平裝）

國家圖書館出版品預行編目資料

中間的孩子們 / 温又柔（Wen Yuju）著 ; 郭凡嘉譯 .
-- 初版 . -- 臺北市 : 聯合文學 , 2018.5
208 面 ;14.8×21 公分 . --（聯合譯叢 ; 83）

譯自 : 真ん中の子どもたち

ISBN 978-986-323-258-2 (平裝)

861.57 107006960